KB051606

고양이를 읽는 시간

고양이를 읽는 시간

누구나 가질 수 있지만 아무나 가질 수 없는 것들에 대한 이야기

불광출판사

송광사 탑전
고양이 소개

남매 고양이
(냥이 오고 다음 해에 옴)

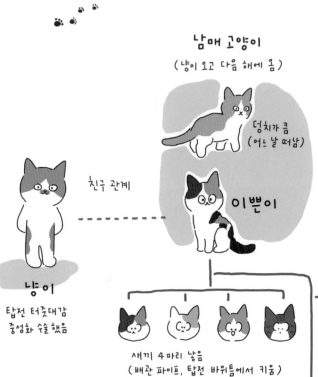

덩치가 큼
(어느 날 떠남)

친구 관계

이쁜이

냥이

탑전 터줏대감
중성화 수술 했음

새끼 4마리 낳음
(배관 파이프, 탑전 바위틈에서 키움)
겨울 지나고 모두 사라짐

새끼 3마리 낳음

이름 모를
엄마 고양이

새끼 3마리 낳음

눈 아픈 고양이
결국 한쪽 눈이 멀어버림

온천 앞 편의점
길 고양이

많이 다친 걸
스님이 치료해 줌

1마리 낳음

이쁜이 2

3마리 낳음

태어나자마자 박스 안에서 다 죽음

탑전 고양이들의 영역 소개

송광사(큰절)

전남 순천 조계산 서쪽 기슭에 자리한 절. 이 책에서는 '큰절'로 부른다. 1권 《어느 날 고양이가 내게로 왔다》의 주인공 냥이는 본래 송광사 공양간에서 쥐를 잡는 소임을 맡았다가 세력 다툼으로 탑전으로 밀려났다.

탑전(塔典)

송광사 방장 스님이었던 구산 스님(1909~1983)의 사리탑을 모신 전각〔典〕, 탑전은 부도탑이 모여 있는 밭〔田〕이란 뜻도 된다. 2016년 겨울에 보경 스님은 서울 법련사 주지 소임을 마치고 송광사로 내려와 탑전에 처소를 마련했다. 스님과 냥이가 각자의 소임(?)을 마치고 이곳에서 운명적으로 만난 셈이다. 냥이가 좋은 집사(?)를 만났다는 소식이 큰절에 소문이 났는지 이후 이곳으로 여러 고양이들이 이주해 왔다.

구산 선문

탑전으로 들어가는 입구이다.
문 형태가 특이한데, 고목의
가운데를 파서 이곳을 통과하려면
누구나 고개를 숙이고 허리를
굽혀야 한다. 오직 어린아이,
고양이만이 허리를 굽히지 않고
들어갈 수 있다.
냥이가 좋아하는 공간이다.

사리탑과 바위 터
그리고 처마 밑

사리탑은 하루 종일 햇볕이 드는
곳으로 고양이들의 전용 일광욕장.
졸졸 물이 흐르는 계곡 옆 크고 작은
바위 틈 사이는 고양이들이
숨어 있기 좋은 곳으로
어미 고양이들은 이곳에
새끼들을 꽁꽁 숨겨 놓는다.
비가 오면 딱히 숨을 곳이 없는
야생의 고양이들은 처마 밑으로
모여든다.
비도 피할 수 있고, 스님이
사료와 물그릇을 비에 젖지 않게
옮겨다 놓기 때문이다.

탑전 고양이들 소개

냥이

탑전 터줏대감.
큰절 공양간에서 쥐를 잡다가
고양이들 세력 다툼에 밀려
탑전으로 이사, 보경 스님을 만났다.
눈병도 고쳐주고 사료도 주고
박스도 챙겨주는 스님이
고마워서 쥐를 선물로 줬는데,
살생하지 말라는 스님의 말을
들었다. 이후로는 사냥도 끊고
채식주의 냥이가 되었다.
스님이 숨바꼭질을 좋아하는 걸 알고
있어서, 산책길에 일부러 자주
숨는다. 스님도 냥이도 다 알면서
모른 척 즐긴다.
어느덧 사람 나이로 중년이 넘었다.

남매 고양이

큰절에서 이사 온 남매 고양이.
누가 먼저 태어났는지 모르지만
수고양이 덩치가 더 크다.
냥이는 심심할 때 큰절로
원정을 갔다가 종종 다쳐서
돌아오곤 했는데, 남매 고양이를
친구로 사귀면서 큰절에는 더는
가지 않게 되었다. 남매 고양이
덕분에 냥이가 다치지 않자,
스님이 사료를 챙겨주기 시작했다.
수고양이는 다른 고양이들과
자주 결투를 벌여 소란을 피웠는데
스님들이 이를 꾸짖자 어느 날 갑자기
어디론가 사라졌다.

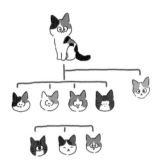

이쁜이

남매 고양이 중 암코양이.
보경 스님이 '냥이' 다음으로
이름을 붙여 준 두 번째 고양이다.
탑전 보일러실에 새끼 4마리를
낳았다. 스님이 기특해하며
새끼들 먹을 물과 사료를 챙겨주며
보살폈지만 곁을 절대 내주지 않았다.
밤에 몰래 와서 사료를 먹고 가곤
했다. 네 마리 새끼들은 분가를
시켰는지 보이지 않았고 이듬해
새끼 한 마리를 더 낳았다.
(이 새끼고양이에게 스님은 '이쁜이2'
라는 이름을 붙여주었다.)

그 뒤 이쁜이는
새끼 3마리를 또 낳았다. 그러니까
1년 반 동안 세 번, 8마리 새끼를
낳은 셈이다.
스님이 사료와 물을 챙겨 주며
돌보았지만, 어느 날 갑자기
이쁜이2만 남겨 놓은 채 다른
새끼들을 데리고 감쪽같이 사라져
버렸다. 돌아오지 않는 이쁜이의
소식이 스님은 궁금하기만 하다.

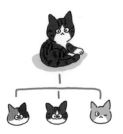

이쁜이 2
이쁜이의 새끼.
엄마에게서 버림을 받은 뒤
스님이 돌봐주었다. 아직 어리다고
생각했는데 덜컥 새끼 3마리를
낳아 스님에게서 '애가 애를 낳았네'
라는 소리를 듣는다.
그런데 새끼 세 마리 모두
차례차례 죽고 만다.
스님이 마지막 새끼를 나무 밑에
묻어 주던 날은 하도 섧게
울어대서 스님 마음을 심란하게 했다.
스님은 '시간이 데려가지 않는 것이
뭐 있겠니' 하면서 이쁜이2의
마음을 다독거렸다.

이름 모를 엄마 고양이와
눈 아픈 고양이
어미가 새끼 세 마리를 낳아,
탑전 입구 모퉁이에서 젖을
물리던 중 지나가던 보경 스님 눈에
발견되었다. 스님이 지극 정성으로
사료와 물과 통조림을 챙겨 주었지만
절대 스님에게 곁을 내주지 않는다.
어느 날 스님은 새끼 중 한 마리의
한쪽 눈이 이상하다는 걸 알게 되고,
포획해서 고쳐주려고 했다.
순천 시청 축산과 직원까지 동원되었지만
'TV 동물농장'처럼 드라마틱한
구출 작전은 실패하고 만다.
대신 어느 날 밤 어둠 속에서
눈이 한쪽만 빛나는 녀석을 발견하고
스님은 후회한다. '조금 더 서둘렀으면
눈을 잃지 않았으려나…'

온천고양이

보경 스님이 화순의 한 온천
근처에서 만난 고양이. 영역 싸움으로
피투성이가 된 고양이를 스님이
치료해 주면서 인연이 시작되었다.
고양이가 다 나을 때까지 처음엔
날마다, 상처가 나은 뒤에는
며칠에 한 번씩 고양이를 만나러 갔고
꼬박꼬박 사료와 통조림을 챙겨
주었다. 스님이 이 고양이를 자주
둘러보고 마트 주차장에 상자를
마련해주자, 마트 종업원도
관심을 보이며 따라서 돌봐주기
시작했다. 스님이 이름을 부르면
멀리서 나타날 만큼 친해지는데,
어느 날엔 스님 꿈속에까지
따라와 놀라게 했다.

그리고…

탑전 냥이를 만난 이후 스님은
그동안 열아홉 마리가 넘는 고양이를
돌봐왔다. 순천 벌교사료 상회
주인에게서 "동네 고양이는 스님이
다 먹여 살리겠어요"라는 말을
듣기도 했다. 산행과 독서, 기도,
글쓰기 그리고 고양이 밥과
물 챙겨 주기가 스님의 평범한 일상의
전부이다. 심심해 보이는 일상이지만,
매일 뜨면서도 매일 반짝이는
햇살처럼 스님은 살고 있다.

목차

첫
번
째
이
야
기

기다림

간소함

고양이는 어딘가 이상한 구석이 있지

고양이를 읽는 동안 여름이 따뜻하게 지나가다

서울에서의 십수 년 생활을 마무리하고 다시 산중으로 내려오
니 나의 출가 본사는 여기저기 많은 것이 변해 있었다. 있던 것
이 사라지고 전에 없던 것이 생겨나는 식으로. 당연히 어떤 것
은 좋고 어떤 것은 마뜩잖은 일이지만 다시 되돌리자고 해서
그 소리가 메아리로 울릴 기대는 난망한 것이었다. 그중에 딱
하나 마음에 든 것은 큰절 율원 입구, 신문지 한 면 크기의 자
연석에 새겨진 세 줄의 글이었다.

眞好的因緣
참 좋은 인연입니다
Happiness comes from positive experiences

나는 '행복은 긍정적인 경험에서 온다'는 이 말이 좋아서 율원
을 지날 때마다 멈춰 서서 읊조리곤 하는데, experiences가 경험
보다는 기억의 의미로 읽혀진다. 삶은 이해하고 기억하는 방식
에 따라 전혀 다른 얼굴을 지니기 때문이다. 기억의 대상이 사
람에게만 국한되는 것은 아니다. 사람에 따라 다르겠지만 한
사람의 일생을 놓고 얘기하자면 사람에 대한 추억보다 자연에
대한 기억이 더 깊고 넓을 수 있다. 내가 어쩌다 산중 암자로
찾아든 고양이와 겨울을 난 이야기를 썼고, 내심 하고 싶은 이
야기가 남아서 다시 쓰기 시작한 것이 바로 이 책, 냥이와 여름

을 나는 이야기가 되었다.

'사실' 속에는 과학과 의견이라는 두 가지가 있어서, 전자는 지식을 낳고 후자는 무지를 낳는다는 말이 있다. 지금부터 하는 이 이야기는 중간쯤에 위치하지 않을까 싶다. 이 속에는 내가 지어낸 것도 없고 없는 것을 만든 바도 없다. 그저 '관찰자' 위치에서 바라보고 옮겨 적은 것뿐이다.

나는 초지일관 냥이를 볼 때마다 '읽는다'는 마음으로 대했다. 당연한 말이지만 잘 읽으려면 어떤 선입견도 두지 말고 마주하는 사물을 빈 마음으로 볼 수 있어야 한다. 밖으로 외물을 대하는 내 마음이 고요하면 사물은 거울처럼 스스로 본질을 드러낸다. 그래서 읽는 것이 가능해진다. 읽히면 아는 것은 찰나 간이다. 그래서 깨달음은 직관적으로 심연에 닿는다. 그런 관점에서 보자면 인간의 감정만큼 진폭이 넓지는 못할지라도 동물에게도 희로애락이 분명히 있고 스스로 좋은 방향(이기적)으로 나아갈 수 있는 능동적인 의지도 만만찮은 것이었다. 산중 암자의 생활은 절대고독이 주는 무게가 가장 커서 나에게도 냥이에게도 심리적인 탈출구는 필요했다. 그런 면에서 냥이와 내가 서로에게 갖는 동류감은 시간이 갈수록 끈끈해졌다.

이 유대감은 어쩌면 가족이라는 둥지를 틀어본 사람만이 느끼는 것이겠지! 나 같은 출가사문에게 세속의 가족이라는 관념은 아무리 이해하려 해도 잘 와닿지 않는다. 만사 경험해보지 않으면 모르는 법이다. 냥이에 대한 책임감은 뜻밖에도 내 삶에 대한 충실한 열망을 불러일으켰다. 굳이 누구와 대화를 하거나 라디오를 듣듯이 시간을 흘려보낼 마땅한 것이 하나도 없이 조그만 뇌로 하루 24시간을 가늠하며 살아가는 냥이의 시간은 눈물겨운 것이었다. 하물며 사람인 내가 빈 마당에 반사되어 반짝반짝 튕겨 오르는 한낮의 햇살처럼 기쁘게 살지 못할 이유는 어디에도 없었다. 신은 시간을 아끼는 사람을 가장 앞자리에 둔다고 했다. 냥이를 만난 이후 나는 시간을 적절히 안배하며 살아야 하는 문제에 골똘하고 있다. 이것이 야지의 냥이를 돌봐준 공덕의 산물이라면 기쁘게 받을 것이다.

　차라투스트라는 '좋은 때에 죽으라'고 했다. 새끼를 늘여 꼬는 요령에 맛 붙이면 자신도 모르는 사이에 삶이 질질 끌려가는 문제가 생긴다. 삶의 본질 속으로 들어가면 번민이 없듯이 나와 냥이는 폭염 속으로 과감히 뛰어들어 거뜬히 세 번의 여름을 함께 났다. 털북숭이 냥이와 지낸 따뜻한 여름의 이야기에 귀 기울여주는 모든 분들에게 감사드린다.

2020년 5월

조계산 송광사 탑전에서
보경 합장

첫 번째 이야기

기다림

장마에 맛이 변하기 전에 한 번 더
따먹으면 좋겠어

푸른 무화과는 빨간 무화과를 보며 익어간다

'곧 장마가 시작되겠습니다.'

　　6월 중순에 접어들자 일기예보에 장마 얘기가 자주 올라왔다. 그러면서 지난 30년간의 기후변화를 살펴봤을 때 평균적인 여름 장마의 시작이 6월 19일이었다는 통계도 흘러나왔다. 십수 년의 서울 생활을 정리하고 내려와 산중생활에 몸을 담기 시작한 것이 벌써 두세 해가 되어간다. 나이가 들어가는 것인지 자연생활의 이치가 그런 것인지는 모르겠으나 아무튼 산중생활에서 가장 주의를 기울이게 되는 것은 날씨의 변화다. 날짜나 요일은 상관 않고도 살겠는데 날씨만큼은 살펴진다. 아침부터 햇살이 화창하면 하루 종일 지속될 것인지도 지켜보고, 흐린 날씨라면 이게 비까지 이어지는 것은 아닌지 궁금해진다. 겨울은 겨울대로 눈은 언제 오는지 기다리면서 회색 하늘을 자꾸 올려다보았다. 농사를 짓지는 않지만 빨랫감을 말리기 위해서도 날씨가 중요하다. 그래서 날이 화창하면 '햇살이 아깝네!' 하면서 빨래부터 한다. 이렇게 하루하루를 지내면서 자연과 더욱 친밀해져가는 자신을 발견하게 된다.

　　존재하는 모든 것은 주기라는 자연 순환의 법칙이 있다. 생명체는 생로병사, 자연물은 성주괴공이 있다. 한 번 생겨난 것은 반드시 소멸되는 이치다. 그 속에는 매일 반복되는 하루하루가 있고 한 해가 있다. 하루는 낮과 밤이 있고 한 해는 사계절의 변화가 있다. 우리의 삶은 이 속에서 영위되며, 어떻게

살아가느냐에 따라 행복과 고통의 반향이 다르게 울린다. 삶의 질을 결정하는 것의 으뜸은 지혜다. 어떻게 생각하고 행동하느냐에 따라 삶은 천차만별로 달라진다. 우리는 이런 지혜를 스스로 터득해갈 수도 있고 남을 통해 배울 수도 있다. 독학으로도 잘 되면 좋겠지만, 이 경우에는 독선이나 아집에 빠질 위험이 있다. 그래서 같은 시간, 같은 노력이라면 선각자들의 지혜를 통해 깨달아가는 것이 유익하다.

'푸른 무화과는 빨간 무화과를 보며 익어간다'는 말은 아랍의 격언이다. 잘 익은 빨간 무화과는 한 과실이 완성되어가는 길을 몸으로 보여주고 있으니 뒤따르는 푸른 무화과는 그 길을 잘 따라가면 된다. 과일도 그렇고 모든 생명체, 그리고 인간도 마찬가지다. 이런 자연의 숭고함을 이해한다면 우리는 각자 깨달은 삶의 지혜를 자기 혼자만의 것으로 마음에 담아두지 말고 함께 나눠야 한다. 내가 죽는다고 하여 내가 남긴 삶의 흔적까지 사라지는 것은 아니어서 어떤 것은 인류문명의 거대한 족적으로 남기도 한다.

예를 들면 75만 년 전 호모 에렉투스가 불을 사용한 흔적은 프랑스 뒤랑스 강 협곡의 동굴에서, 250만 년 전 호모 하빌레스가 돌을 도구로 사용한 흔적은 아프리카 세렝게티 올두바이 협곡에서 발견되었다. 또 현생 인류인 호모 사피엔스가 그린 동물벽화는 알타미라 동굴 외에도 여러 곳에서 발견되고 있다. 이처럼 누군가의 사소한 흔적을 통해 인류의 시원을 가늠해볼 수 있고, 개인의 삶과 세계를 둘러싸고 일어나는 모든 사건들은 그 자체로 하나의 역사성을 띠며 오늘에 이어진다.

생각해보면 우리는 자연의 산물이자 자연으로부터 모든 것을 얻고 누리며 살아간다. 현명한 삶은 소유의 정도가 아니라 세상을 보는 안목에서 판가름 난다. 누구나 자기가 하는 일에 있어서만큼은 기품이 있어야 한다. 산에 살려면 한겨울 눈을 뒤집어쓴 나무들이 펼치는 백설천지의 절경에서 먹지 않아도 배 부르는 부귀를 느낄 수 있어야 한다. 교단의 선생은 분필 한 개만 들면 앓던 몸도 일어서는 것이고, 검객은 칼 한 자루면 기꺼이 강호에 나설 수 있다. 자기 멋, 자신만의 풍류가 있어야 삶의 즐거움이 따라온다. 봄바람을 사는 데 돈이 필요치 않듯이 넓고 시원한 정신세계를 가진 사람은 세상 어느 곳에서건 주인으로 살아갈 수 있다. 좋은 삶은 세상을 읽듯이 살아가는 삶이다. 잘 읽으려면 무엇보다 경청하는 자세가 있어야 한다. 이 자세가 갖춰지면 우리는 그 어떤 것으로부터도 배우고 공존할 수 있다.

이제 한겨울에 불쑥 출가라도 하듯이 나의 암자로 몸을 투탁하여 몇 년째 같이 살아가는 야지의 고양이 한 마리의 이야기를 해보고자 한다. 냥이는(이 고양이의 이름은 그냥 '냥이'다. 이후 나오는 냥이는 모두 이 '탑전 냥이'를 가리킨다.) 첫 눈에 내가 자신을 내

치지 않을 것이라고 나를 읽었을 테고, 나는 나대로 냥이를 읽어가며 자연을 알아가는 중이다.

자, 내가 읽은 고양이는 이랬다!

고양이는 고양이의 방식대로

고양이과 동물의 매력은 털의 무늬에 있다. 요즘은 어딜 가더라도 고양이를 유심히 보게 된다. 큰절에 떠도는 고양이는 물론이고 탑전에 나타나는 고양이들을 보면서 '저 녀석 저번에도 보이던데' 하는 식으로 기억한다. 순전히 털에 새겨진 무늬를 보고 알아차릴 수 있는 것이다.

얼마 전 일이다. 큰절로 올라가는 길과 만나는 탑전 입구에서 모퉁이를 도는 순간 뜻밖의 광경이 눈에 들어왔다. 나는 차를 멈춰 시동을 끄고 차 안에서 꼼짝 않고 바라보았다. 세상에, 고양이네! 어미 고양이와 새끼고양이 세 마리. 집도 절도 없이 먹을 것도 마땅히 없을 야지에 덩그러니 새끼를 세 마리나 낳아서 어쩌려는 것인지! 깻잎 한 장 크기의 새끼들은 어미 품에 몸을 숨기려고 고물거렸다. 도대체 언제 낳았을까. 어미는 자주는 아니지만 한 번씩 마주치던 녀석이었다. 어미 혼자서 낳고 탯줄을 자르고 혀로 씻기까지 하면서 용케 새끼들을 거느리고 있는 모습이 가슴 아리게 다가왔다. 지금은 장마를 앞둔 시점이라 가뭄에 계곡의 물도 말라 있고 누가 사료를 챙겨주는 것도 아닌데, 젖은 제대로 나오는지 걱정이 가시질 않았다.

날은 이미 어두워진 시간, 새끼고양이들이 머릿속에 맴돌았다. 나는 낡은 반찬통 두 개를 깨끗이 닦은 후에 각각 사료와 물을 담아 랜턴을 들고 고양이들이 있던 곳으로 갔다. 밤

산책 때면 늘 따라나서는 냥이도 같이 움직였다. 그곳은 축대나 바닥을 다지는 데 쓰기 위해 큰 돌덩이들을 쌓아놓은 공터라서 몸을 숨기기에 나무랄 데 없는 장소였다. 랜턴을 비추자 여기저기서 불이 켜지듯 고양이들의 눈동자가 반짝거렸다. 랜턴에 반사된 고양이의 눈빛은 상당히 밝아 백 미터 남짓 떨어진 먼 거리에서도 반짝거린다. 갓 태어난 새끼고양이의 눈빛이라 생각하니 더 형형하게 느껴졌다. 새끼고양이들은 그렇게 잠깐 보이고는 돌무더기 속으로 사라졌다. 호기심은 인간이나 동물이나 숨길 수 없는 본능인지 고양이들은 다시 고개를 슬쩍 내밀다 사라지기를 반복했다. 그때마다 눈빛이 꺼졌다, 켜졌다 했다. 다만 새끼들을 지켜야 하는 어미 고양이는 나에게서 잠시도 눈을 떼지 않았다. 사료와 물을 돌무더기 앞의 평편한 돌 위에 놓고 돌아오는 길은 마음이 가벼웠다. 그날 이후 아침저녁으로 가보니 물은 조금씩 주는데 사료는 많이 줄고 그랬다.

생각지도 않은 새끼고양이의 탄생을 보면서 만물은 제각기 익는 시기가 있다는 말이 떠올랐다. 자연은 봄에 싹을 틔우고 여름에 꽃을 피워 열매를 맺고 가을에 갈무리하여 긴 겨울의 휴면기에 들어가기를 반복한다. 중요한 것은 절대 순서를 건너뛰거나 생략할 수 없다는 사실이다. 일은 순서가 있다. 또한 삶의 고준한 진리는 매사에 때가 있다는 것이다. 기다릴 땐 기다리고 잡을 땐 잡아야 한다. 산중의 모든 것은 이런 자연의 순리에 따르면서 치열하게 살아간다. 자연물엔 누구를 의식하여 보이기 위한 일이란 존재하지 않는 것이 인간과 다르다면 다를까?

새벽부터 비가 쏟아졌다. 본격적인 장마의 시작이었다. 세찬 빗줄기가 정오를 넘어서면서 잠시 소강상태를 보이는 사이 여기저기 숲속에서 새들이 지저귀며 허공으로 날아오른다. 장마에 습기를 먹은 문짝이 몸이 불어 잘 닫히지 않아 그 틈으로 벌레들이 파고들어 기승을 부리는 때가 또 지금이다.

'잘살아보자!'

인생은 없는 길을 가는 것이 아니다. 누군가 갔던 길이고 누군가 꿈꿨던 길이다. 우리는 혼자 익어가는 호두가 아니다. 햇살 많이 받아 일찍 익은 옆 가지의 것을 보며 익어가는 열매다. 내가 앞서기도 하고 남이 앞서기도 한다. 기량의 차이를 인정해야겠지. 과실은 꼭 익어서만 떨어지지 않고 가지에 매달린 채로 썩기도 한다. 큰스님 사리탑을 둘러 서 있는 몇 그루 자두나무가 빨갛게 열매를 맺었다. 장마에 맛이 변하기 전에 한 번 더 따먹어도 좋겠다는 생각을 했다.

그대 조상들이 다른 것을 본 바 없고
그대 자손들이 다른 것을 볼 바 없으리라.

— 마닐리우스

새끼고양이 가족에게 뭐가 더 필요하랴. 뭐든 먹고 기운차려서 건강하게 살아가길 빌었다. 이곳은 불살생의 도량이니 사람을 너무 무서워하지 않으면 좋으련만. 고양이는 고양이의 방식대로 살아가면 된다. 어미 고양이 너는 모르겠지만 네가 지금 너의 새끼들에게 하는 방식으로 너의 어미도 그렇게 했고, 너의 새끼들도 너의 방식을 따라 행동하고 익어갈 것이다. 그러니 너무 두려워하지 말기를. 나는 우리가 도량에서 마주친다면 반갑게 인사라도 하며 지낼 수 있기를 바랄 뿐.

　태어나줘서 고마워. 부디 잘 자랐으면 해.

봄바람을 사는 데
돈이 필요치 않듯이
넓고 시원한 정신세계를
가진 사람은
세상 어느 곳에서건
주인으로 살아갈 수 있다.

평생 사람하고만 산다면 재미없지 않을까

장마의 시작이라더니 장대한 빗줄기가 이틀을 밤낮없이 퍼부었다. 그래도 뜰의 파초나 꽃나무들이 많이 상하지는 않아서 다행으로 여겼다. 평소 돌 틈으로만 뱀처럼 길게 꼬리를 물고 흐르던 계곡의 물도 많이 불어나 냉기 가득한 물보라를 일으키며 세차게 흘러간다. 노트북에 틀어놓은 음악 소리가 볼륨을 올려도 물소리에 먹혀 잘 알아들을 수 없는 지경이라 그마저도 포기하고 물소리만 듣기로 맘을 고쳐먹었다. 비가 잠시 소강상태에 들면 하늘의 먹구름이 장막을 쳤다 거뒀다 하면서 습도를 올리고, 덩달아 파리나 벌레가 유난히 달라붙어 몸까지 끈적끈적해지는 듯하다.

　　멀리서 태풍이 올라오고 있어서인지 비는 그쳤어도 바람이 심상치가 않다. 바람이 세차거나 비가 오는 날은 냥이도 개점휴업이라서 창고의 박스에 들어가 긴 잠에 빠져 지내기 때문에 얼굴 보기가 어렵다. 나는 뜰을 거닐면서 산을 하얗게 물들이며 밀려오는 빗줄기와 함께 누가 들어가 흔들기라도 하듯 요동치는 숲을 바라보며 생각에 잠겼다. 딱히 풀어야 할 고민이 있어서가 아니다. 죽은 자는 생각을 못 하지만 산 자는 생각의 끈이 쉼 없이 이어지기 때문에 자연적으로 일어나는 무의식적인 감각이다. 마찬가지로 보는 것도 무엇에 시선을 고정하여 살피는 것이 아니다. 어딘가를 향해 있지만 정작 아무것도 보고 있지 않는 그런 상태의 바라봄이다.

이 무심(無心)의 바라봄은 냥이가 가르쳐준 것이다.

'강가에 살려면 악어와 친해져야 한다'고 했다. 강은 내가 살고 싶은 곳이면서 동경하는 환경이다. 그런데 그곳에는 악어라는 리스크가 있다. 좋은 것일수록 거기에 따르는 리스크도 커지고 감수해야 할 것도 많아진다. 의미를 두자면 도고마성(道高魔盛)의 이치인데, 도가 높아질수록 장애도 치성해진다. 이것은 수행이 아니라도 세상을 살아가는 모든 사람에게 똑같이 적용된다. 아무것도 하지 않을 때는 문제가 없는데 움직이면 시비가 따른다. 선행을 하거나 남에게 은혜를 베풀고 나면 서운함이 더 커진다. 또 습관을 고치려 하거나 큰맘 먹고 계획을 세우면 내부로부터 강한 저항을 느끼기도 한다. 다이어트를 시작하면 평소에 지나치던 것들이 더 눈에 들어와 식욕을 자극하고, 책이라도 한 줄 본다 싶으면 여기저기서 놀자고 유혹을 한다. 이것도 도고마성이다. 그렇다고 죽은 듯이 살아갈 수는 없다. 소리 없이 구걸하면 소리 없이 굶어 죽는 법이다. 정신과 의사가 쓴 뇌의 작용에 관한 책을 읽은 적이 있다. 인상 깊었던 내용은 '뇌가 건강한 사람은 거절도 잘하지만 부탁도 잘한다'는 말이었다. 거절을 한다는 말은 쉽게 생각해볼 수 있는데 부탁을 잘한다는 말이 좀 뜻밖이었다.

그렇다면 고양이의 경우는 어떤가. 고양이의 성격은 매우 은근하여 표현을 잘 하지 않는 것처럼 느껴진다. 매사가 조심조심, 꺼진 불도 다시 보고 돌다리도 두들겨보고 건너는 신중함이 그들에게는 몸에 배어 있다. 강가에 살려면 악어와 친해져야 하는 것처럼 고양이도 인간 속에 들어오려면 많은 용기가 필요할 것이다. 야지의 고양이와 집고양이가 다른 점은 바로 이 차이다. 주인의 눈치를 살펴야 하고 언제 버림받을지 알 수 없는 불안감이 그들에게는 없을까?

하루 동안의 외출이건 수일이 걸리는 외출이건 돌아오면 마주하는 게 냥이의 낯가림이다. 우선 표정이 없이 저만치 떨어져서 돌기둥에 몸을 문지르며 빙빙 돌기를 마친 다음에야 야옹! 하며 가늘게 소리를 내면서 다가온다. 거기에는 반가움보다는 서운함이 짙게 배어 있다. 나는 외출에서 돌아오면 제일 먼저 냥이의 털을 빗으로 빗겨주고 눈곱을 떼고 귓속을 살핀 후에 간식을 주고 사료를 새것으로 바꿔준다. 이 익숙한 행위가 고양에게는 '내 주인이구나' 하는 안정감을 주겠지.

야지의 고양이건 이미 인간세계로 편입된 고양이건 그들의 머릿속은 인간과의 거리를 재며 다가오고 싶은 바람이 있다. 그렇다면 귀찮다는 이유로 혹은 이런저런 편견으로 고양이를 미워하기보다는 오히려 그들의 용기를 가상하게 봐야 한다. 개와 고양이가 없는 세상은 인간사회의 이야깃거리도 훨씬 줄어들 것이다. 손해는 인간에게 더 많지 않을까? 아니, 평생 사람하고만 산다면 놓치는 것도 많지 않을까?

신발이 발에 맞으면 신발도 잊고 발도 잊는다

이번 장마가 적지 않은 비를 몰고 왔다. 우유를 사러 나간 길에 살펴보니 인근 주암호의 가장자리에 허옇게 드러났던 부분까지 물이 차올라 있었다. 해갈에 크게 도움이 되겠구나 싶었다.

　　새끼고양이 가족이 눈에 밟혀서 여러 가지로 신경 쓸 일이 늘었다. 내가 할 수 있는 일은 단지 하루 한 번 저녁 무렵 그릇에 사료를 채워놓고 물을 갈아주는 정도이다. 돌 틈에서 갓 태어난 새끼들이 어떻게 이겨나가는지는 도대체 알 수가 없다. 사료를 주러 가보면 어미 고양이가 먼발치서 나를 지켜본다. 여느 때 같으면 도망을 갈 텐데 새끼들을 어떻게 할까 염려되는지 주목하는 것이고, 돌 위에 나와 있던 새끼들은 무슨 기척이라도 들리면 쏜살같이 돌 틈으로 사라져버린다. 사료는 대부분 하루가 지나면 말끔히 비워져 있었다. 별로 입을 댄 흔적이 없는 날은 혹 무슨 일이 있는 것은 아닌지 또 걱정이 되었다.

　　비가 오락가락하는 7월 초에는 '인문학 산책'이라 하여 한 모임에서 초청을 받아 다녀왔다. 화순의 온천 리조트 세미나실을 빌려, 50여 명을 대상으로 한 조촐한 이야기 모임이었다. 주제는 염천한담(炎天閑談). 염천은 작렬하는 한여름의 불볕더위를 말하고, 한담은 여름해도 길고 하니 시원한 에어컨 바람 쐬며 한가롭게 이야기꽃을 피워보자는 뜻으로 말을 만들었다. 내용은 본성-행복-지혜-시간-독서 순으로 소주제를 정하고, 거기에 따라 평소 찍어둔 사진을 곁들여 전체 30개 화면을 구성하여 이야기를 풀어나갔다. '북을 잘 치면 춤은 절로 나온다'는 참선의 법문이 있다. 요즘 말로 하면 '케미'가 잘 되는 것이다. 청중은 북을 쳐주는 고수고 나는 무대에 나선 배우라 하겠는데, 이날은 이야기하는 내내 유쾌하고 즐거웠다.

사물의 성질은 관계를 규정하는 중요한 실마리가 되기도 한다. 예를 들어 물과 물, 기름과 기름은 하나가 되지만 물과 기름은 융해가 되지 않는다. 우리가 궁합을 들먹이고 혈액형의 차이를 들어 친소를 이해해보려는 이유도 결국은 서로 맞느냐 안 맞느냐의 이야기다. 맞으면 편하고 즐겁지만 안 맞으면 불편한 것을 어찌하랴! 그러나 좋다는 데 어쩔 거며 싫다는 데 또 어쩔 것인가. 첫눈에 반하기도 하고 황혼의 이혼도 가능한 게 사람의 일이다. 이 난해함은 존재의 숙명이다. 이것은 수행에 있어서도 마찬가지다.

햇빛 좋고 적당히 배부를 때
위대한 명상가가 되기는 쉽다.
진정한 수행자를 판가름하는 것은
그들이 역경에 부딪쳤을 때다.

누구든 좋은 환경, 좋은 관계 속에서 살아가기는 쉽다. 어려운 상황을 풀어가는 것이 우리의 숙제이다. 어떻게 할까? 명상에 해당하는 산스크리트어는 '바와나(bhavana)'로 계발하다, 경작하다의 의미가 있다. 작물을 경작하듯 마음을 순리에 따라 주의 깊게 가꾼다는 뜻이다. 티베트에서는 명상을 '곰(gom)'이라고 한다. 친밀해지기, 익숙해지기라는 뜻이다. 진정한 명상은 존재하는 모든 생명체와 그 존재를 인식하고 대하는 나와의 일체감을 깨닫고 그들의 행복에 기여하는 방법을 찾는 것이다. 경청은 사랑의 자세이자 명상에서도 중요한 덕목이다. 자세히 듣지 않으면 친밀해지지 않는다. 이 친밀감을 통하여 새로운 통찰과 자질에 익숙해질 수 있다. 따라서 명상과 기도는 궁극적으로 내 자신과도 친밀해지고 남과도 친밀해지려는 노력이 된다.

우리가 사는 세상은 누구에게나 어느 정도까지는 이해될 수 있다고 본다. 그렇게 본다면 인간사회는 구성원 서로 간에 이해해보려는 노력이 있어야 하고, 그것은 당연한 일이라는 생각이 든다. 계몽주의 사상가로 그 유명한 《사회계약론》을 쓴 루소가 '세상에서 살아가려면 많은 사람과 사귈 줄 알아야 한다'라고 하는 것을 보면, 사회성의 핵심은 사람과의 관계이자 이것을 잘 해내는 사람이 세상을 잘 살아갈 수 있다는 말이기도 하다.

복잡한 사회성과 달리 개인의 단순하고 간명한 삶은 번뇌하지 않는 삶이다. 단순함은 불필요한 것을 제거하는 것이고 간명함은 어지럽지 않음을 의미한다. 번뇌는 생각의 괴로움이자 고통이다. 마음은 그런 방향으로 흘러간다. 번뇌는 사전적 의미로 부적정(不寂靜)의 의미다. 고요하지 못함, 고요하지 않은 상태다. 생각이 요동을 치니까 괴롭고 괴로움이 고통이 된다. 고통에 해당하는 산스크리트어는 두카(dukkha), 행복은 수카(sukha)다. 산스크리트어는 아리안족의 언어였다. 아리아인들은 말이나 소가 끄는 수레를 타고 다니는 유목민들이어서 수레의 상태를 마음에 비유하여 두카는 덜컹거리는 운행, 수카는 부드러운 운행으로 표현했다. 마음이 즐겁고 일이 순탄하면 수카이고, 덜컹거리는 수레처럼 일이 안 풀리고 터덕거리면 두카다. 세상일이란 게 가만둔다고 해서 수카가 되지는 않는다. 두카로 발전할 만한 것을 예방하고 사전에 잘 다스림으로써 수카에 머무르는 것이다. 그렇다면 편안함의 심리적 근거는 무엇인가.

《장자》에는 이와 관련한 철학이 나온다. 그 요점은 '맞으면 잊는다'는 것이다. 그리고 결과를 얻기 위한 수단으로부터 자유로워진다. 예를 들면 '득어망전(得魚忘筌), 득의망언(得意忘言)'이라 하여 물고기를 잡으면 통발은 잊고, 뜻을 얻으면 말은 잊는다는 부분이 있다. 물고기를 얻기 위해 통발이 필요했지만 얻고 나서는 필요치 않다. 또 부족할 때는 언설이 필요하고 변명도 하겠지만 뜻이 통하면 더 이상 말이 소용치 않다.

갈증이 가시면 더 이상 물을 찾지 않는 것과 같다. 마찬가지의 의미인데 '맞음'의 미학에 대하여 장자는 이렇게 말한다.

신발이 발에 맞으면 발을 잊고
허리띠가 허리에 꼭 맞으면 허리를 잊으며
마음이 꼭 맞으면 옳고 그름을 잊는다.

신발이 발에 맞으면 신발도 잊고 발도 잊는다. 또 허리띠가 적절하면 허리에 뭘 묶었는지도 잊어버린다. 마음도 그렇다. 순조롭고 편안하면 시비를 잊는다. 일이 저절로 이루어지면 우리는 자유를 느낀다.

옳은 일은 쉬운 길이다. 옳게 사는 일에 어려움을 느낀다면 그는 쉬운 길을 놓쳐버린 것이다. 옳은 삶이 쉽게 느껴지도록 살아야 한다. 그러면 그 흐름 속에서 나를 잊는다. 잊는다는 것은 놓아버린다는 의미다. 잃어버릴까봐 붙들고 있지 않아도 된다. 가축에게 고삐를 매달아 키우는 법도 있지만 방목하여 키우는 법도 있다. 실제 그렇게 하지 않는가. 이것이 예술로 승화되면 나를 잊어버리는 몰아와 망아의 경지다.

사물을 알아보면 언어는 부르지 않아도 따라오는 법이다. 자연과 교감이 되면 그 감흥을 옮겨놓기만 하면 된다. 당연한 말이지만 나를 잊는 '문제없음'을 구하려면 외부 환경에 맞쳐 사는 요령을 우선 터득하는 일이 바람직해 보인다. 인생을 살아가면서 어떻게든 피해 보려고 애썼던 끔찍한 불행들이 막상 대적해보면 자신을 구원하는 길이었음을 깨닫는 경우가 얼마든지 있다. 어쩌면 좋은 낮을 찾다가 좋은 밤을 잃어버릴 수 있는 상황과 같다.

여름이 되면 부자도 바캉스 가고 가난한 사람도 바캉스 간다. 세상의 흔한 것은 모두가 주인이고 누구나 향유할 수 있다. 산도 그렇고 바다도 그렇다. 누군가를 싫어한다는 것은 그 사람만 바캉스에 나오지 말기를 바라는 것과 같다. 주인의식을 가지고 세상을 살 수는 있지만 주인인 듯이 오만하게 행동해서는 이로울 게 없어 보인다.

어미 고양이와 새끼고양이도 자기 몫의 견뎌야 할 세상이 있을 것이다. 나는 조금 떨어진 곳에서 약간의 걱정과 함께 지켜봐야 할 뿐.

신발이 발에 맞으면
신발도 잊고 발도 잊는다.
또 허리띠가 적절하면
허리에 뭘 묶었는지도 잊어버린다.
마음도 그렇다.
순조롭고 편안하면 시비를 잊는다.

내리막에서는 달리지 마라

장마가 잠시 소강상태에 들었는지 햇살이 유난히 반짝거리는 날이다. 햇살이 좋은 날은 할 일이 많다. 우선 산행을 나섰다. 세찬 비바람이 훑고 간 숲은 많이 달라져 있었다. 산길에 바스러져 퇴적되어가던 나뭇잎은 말끔히 씻겨져 내려갔고, 대신 부러진 나뭇가지들이 여기저기 떨어져 있었다. 산행 길에 건너야 하는 두 곳의 계곡물도 많이 불어 미끄러지지 않기 위해 조심스레 건넜다. 돌아와서는 방문을 활짝 열고 대청소부터 했다. 이불도 널고 눅눅해진 옷가지들을 세탁기에 돌리면서 모처럼 든 햇살을 놓치지 않기 위해 부지런히 움직였다.

냥이도 습해진 털을 말리려는 것인지 햇살이 모여드는 처마 밑에서 몸을 이쪽저쪽으로 한참을 반복하여 뒤집었다. 일본 사람들은 '고양이에게 더운 날은 삼복의 삼일 뿐'이라고 한다는데 정말이지 냥이는 여름을 나는 것이 그다지 힘들어 보이지 않는다. 참, 묘(妙)하다 묘(猫)해!

'강을 밀려 하지 마라'는 것은 도교의 가르침이다. 사물은 기울기가 있다. 이 경사가 흐름의 속도를 좌우한다. 물은 평평하면 정지되어 보이지만 극단적인 경사를 만나면 폭포처럼 쏟아진다. 사물은 기울어지면 소리가 난다. 여기저기 불만의 소리란 게 결국 균형을 잃었다는 뜻이다. 선종에는 '인평불어(人平不語) 수평불류(水平不流)'라는 법문이 있다. 사람은 마음이 평온하면 말이 없고, 물은 평평하면 흐르지 않는다는 뜻이다. 물이 모여들어 강을 이루면 그 다음부터는 저절로 흐름을 형성하여 바다로 들어간다.

나는 평소 강에 관심이 많다. 인류학자들은 강의 길이가 그 민족의 호흡을 좌우한다고 한다. 긴 강을 가진 민족일수록 유장한 호흡을 가지고 매사 긴 안목으로 보려고 한다는 말이 인상 깊었다. 인류는 각 문화권마다 긴 강이 있고, 그 강을 따라 삶의 터전을 일구며 살아왔다. 몇 년 전 라오스에 간 일이 있었다. 나는 시내 관광보다도 아침저녁으로 강둑에 앉아 경이로운 마음으로 메콩강을 바라보는 것에 더 열중했다. 흙탕물이라 볼품이 나는 것은 아니었지만, (인도차이나 반도의 젖줄인) 메콩강이라는 사실 하나만으로도 감격스러웠다. 메콩강은 중국의 티베트고원에서 시작하여 미얀마를 거쳐 라오스를 따라 줄곧 흐르며 태국과의 국경선을 가른다. 그리고 캄보디아를 돌아 베트남을 만나서 메콩강 삼각주를 형성하고 남중국해로 흘러간다. 저 물줄기에 얼마나 많은 사람들이 삶을 의탁하여 살았던 것일까. 메콩강은 그들의 애환을 아는지 모르는지 깊고 고요히 밀려갔다.

강은 그렇게 도도히 흐른다. 강을 바라보고 있으면 이상하게 삶의 속도와 비슷하게 느껴져서 '우리 인생도 저렇게 흘러가는 것이지' 하면서 고즈넉해지곤 한다. 강은 밀지 않아도 가고 끌어당기지 않아도 온다. 인간의 억지 같은 것은 애초에 없다. 강의 그런 흐름처럼 세상을 물 흐르듯이 산다는 것은 무엇일까?

내가 우선적으로 떠올린 한 가지는 '들쑤시지 않기'다. 우리는 스스로에게도 그렇고 남에게도 가만히 있지 못하게 자꾸 건드려 불편하게 한다. 행복을 지루해하는 것만큼 큰 불행도 없다. 이미 행복의 정원에 있으면서도 알아차리지 못하고 지루해한다. 이것이 불행의 씨앗이다.

어릴 적 시골에서 불을 지필 때도 그랬고 절에서 아궁이에 장작을 넣을 때도 항상 듣는 말이 잘 타고 있는 장작을 건드리지 말라는 것이었다. 괜한 궁금증이 자신에게서 멈추면 좋은데, 한가해지면 시선은 바깥으로, 남을 향한다. 갓 출가한 스님들이 배우는 《초발심자경문》에 '억지로 남의 일을 알려 하지 말라'고 하는 말이 있다. 여럿이 함께 살아가는 대중생활에서는 가볍게 넘길 말이 아니다. 나는 왜 시비가 많을까, 하는 사람은 무의식중에 남의 일에 간섭하고 자극하는 행동이 많기 때문이다.

자신을 안다는 것은 누구에게나 어려운 일이다. 그뿐인가. 남을 안다는 것도 마찬가지로 난해하다. 사람의 마음은 깊은 심연과 같고, 거기에 모략이라도 끼어들면 줄이 닿지 않는 우물처럼 길어낼 수가 없다. 그렇다고 사람을 대하는 태도가 친밀성이 없어서는 어디 가서 환영받기도 힘들다.

몇 해 전 이세돌 프로기사와 바둑을 둬 화제가 됐던 알파고(구글의 인공지능 바둑프로그램)에 대한 다큐를 최근에 봤다. 사람 간의 대국은 심리적인 변화나 기복이 상대 기사에 전해져서 수를 놓는 데 참고가 되지만 인공지능은 그런 게 없어서 벽을 마주하고 있는 느낌이라고 한다. 그러면 기사 스스로 회의에 빠져든다는데, '감정 교류가 없으면 자신을 의심하게 된다'는 자막이 섬뜩하게 다가왔다. 혼자 지내는 시간이 많은 지금의 나도 그렇지만, 사람과의 관계에 어려움을 겪는 이라면 새겨들어야 할 말이다. 싫어하는 사람을 상대하는 것도 하나의 지혜에 속하기 때문이다.

　　삶의 중요한 자세는 싫고 좋음에 있어서 적절한 속도와 균형을 제어하는 것이다. 선종에서 '하파부주(下坡不走)'라 하여 내리막에서는 달리지 말라고 한다. 그냥 가도 빠른 길인데 사람들은 좋다 싶으면 가속페달을 밟는다. 세상의 문제라는 것이 대부분 호시절에 간과했던 업보들이다. 그리고 멀쩡한 일을 들쑤셔서 없던 일을 새삼 만들기도 한다. 물속의 물고기를 보는 것은 상서롭지 않다는 말처럼 너무 자세히 들여다보면 불화가 따른다. 눈에 보이지 않을 정도로 스치듯이 보는 것이 좋다. 13세기 터키의 현자였던 나스레딘 호자의 이야기 하나가 생각난다. 기억하는 내용은 이렇다.

하루는 호자가 집에서 쉬고 있는데 친구가 찾아와 손에 든 단지를 맡기면서 말했다.

　　"내가 얼마 동안 어디를 다녀올 일이 있어서 이것을 맡기려고 하네. 절대 열어보지 말고 보관해주길 바라네."

　　단지는 묵직했다. 호자는 더 이상 묻지 않고 단지를 선반에 올려놓았다. 그런데 시간이 지날수록 자꾸 단지에 눈길이 가면서 궁금한 생각이 가시지 않았다. 하루는 더는 참을 수가 없어서 단지를 내려 뚜껑을 열고는 단지 속으로 손을 넣어봤다. 손에 닿은 느낌은 질퍽했다. 검지손가락을 그 속으로 찔러 넣어서 손에 묻힌 다음 조심스레 맛을 보았다. 꿀이었다. 얼른 뚜껑을 닫아 선반에 올려놓고는 하루를 넘겼다. 다음날 호자는 단지를 내려 손가락 두 개를 찔러 넣어 꿀을 맛보았다. 그다음날은 손가락 세 개에 꿀을 묻혀 맛을 보았고, 결국 바닥을 보고야 말았다. 친구는 한 달이 지나서 돌아왔고, 호자를 찾아와 단지를 돌려달라고 했다. 단지를 돌려받는 순간, 호자의 친구는 당황한 표정으로 호자를 향해 뭐라고 말을 하려는 참이었다. 단지가 비어 있었으니까! 그때 호자가 말했다.

　　"우리, 묻지도 대답도 맙시다."

요즘 사람들도 좋은 것을 비유할 때 꿀맛이란 표현을 쓴다. 단맛이 귀했던 그 옛날에 꿀을 보고서 참을 수 있었겠는가. 인지 상정이다. 남의 것을 허락 없이 손대서는 안 될 일이지만 피차 곤란하게 묻지도 말고 대답도 않겠다는 익살이다. 비유가 적당할지 모르겠으나 넘어갈 만하면 넘어가라는 교훈을 보여준다. 우리가 태양빛을 의지해서 살아가지만 정작 태양 자체를 보지는 못한다(보려 하면 눈이 멀어버린다). 진실이라 하여 전부 말하고 알 수 있는 것도 아니다.

삶이란 어떻든 힘겹다. 그러나 필요 이상으로 삶이 힘겨운 까닭은 바로 우리 자신의 잘못과 실수 때문이다. 모든 사람이 잘못도 하고 실수도 한다. 그런 까닭에 '죄는 미워하되 사람은 미워하지 말라'는 거룩한 가르침이 인간사회에 통용된다. 나의 참회와 남의 용서는 함께 가는 것이다. 왜냐하면 누구에게나 차마 남에게 하지 못하고 내보이지 못하는 최소한의 마음이 있기 때문이다. 상대를 존중하고 기다려주는 것, 그것은 강을 밀려 하지 말라는 철학과 다르지 않아 보인다.

'하파부주(下坡不走)',
내리막에서는 달리지 말라고 한다.
그냥 가도 빠른 길인데
사람들은 좋다 싶으면
가속페달을 밟는다.
세상의 문제라는 것이
대부분 호시절에 간과했던
업보들이다.

4페이지를 보기 전에 5페이지를 넘기지 마라

저녁공양 무렵부터 갑자기 사방이 어두워지면서 서늘한 바람이 불기 시작했다. 그리고 하늘 먼 곳에서 간헐적으로 '쿵-쿵' 소리가 울렸다. 서둘러 옷가지들을 거둬들이고 법당 문을 닫고 나니 빗방울이 우두둑 떨어지기 시작했다. 바짝 타들어간 잔디에 빗방울이 떨어지자 달궈진 부지깽이를 물에 넣을 때와 같은 텁텁한 냄새가 올라오면서 잠깐 사이인데도 몰라보게 푸른빛이 돌았다.

'이러고 있을 때가 아니다.'

얼마 전 새끼고양이들 중 한 마리가 안질이 있는지 눈물이 고이는 것을 본 적이 있어서 유심히 관찰을 했다. 그런데 내가 나타나면 돌 틈에 숨어버리기 때문에 확인할 수가 없었다. 이틀째 고양이 가족이 나타나지 않은 데다, 안질이 있는 녀석은 도대체 눈에 띄지 않아서 적잖이 걱정되었다. 아는 분에게 의논했더니 순천에 동물보호소가 있는지 알아보겠다고 했다. 다음날 순천시청 축산과 직원과 연결되었다. 직원은 이것저것 물어보고는 다시 연락하겠다고 했다. 다음날 산행 중에 낯선 전화가 울렸다. 그 직원이었다. 이미 주차장을 통과했다고 하여 탑전 위치를 알려주고는 나도 지름길로 서둘러 내려왔다. 사정 이야기를 들은 그는 길이가 60cm는 됨직한 철망 세 개를 차에서 내렸다. 포획틀이었다. 사용 방식은 간단했다. 포획틀 안쪽에 둔 미끼를 고양이가 무는 순간 철망의 문이 닫히는 식이었다.

　난 좀 난감했다. 기대하던 바와 달랐으니까. TV가 병이었다. 동물 프로그램에서 보여주듯이 연락을 하면 몇 사람이 와서 금방 아픈 고양이를 포획하여 데려갈 줄 알았다. 더 당혹스러운 것은 나더러 고양이가 잡혔는지 확인을 하고(하필 주말이 끼어서) 다음 주초에 연락을 하자고 했다. 그러고는 고양이를 유인할 통조림 하나를 놓고는 사라졌다. 하긴 그 직원 혼자 넓은 순천 관내를 관할하고 있긴 했다. 지방도시의 시청에서 이런 일을 하는 직원을 채용하고 있다는 사실만큼은 우선 훈훈했다. 한 사람이건 열 사람이건 숫자가 중요한 게 아니라 이런 문제를 공유하고 풀어갈 준비가 되어있다는 것이 고마웠다. 그래서 그 직원에게도 그런 이야기를 하며 치사를 했다.

　나는 아침저녁으로 나가 보고 산행을 돌아오는 길에도 철망을 확인했다. 철망은 빈 상태 그대로였다. 어떤 분위기를 감지한 것인지 통조림을 먹은 흔적이 없는 걸로 봐서 쉽게 끝날 일은 아니었다. 그렇게 이틀이 지났다. 저녁공양을 마치고 냥이와 함께 사료를 들고 내려갔다. 놀랍게도 철망 하나에 새끼고양이 한 마리가 들어있었고, 철망 밖에서 함께 있던 다른 새끼 한 마리는 우리를 보자마자 재빠르게 돌 틈으로 사라졌다. 얼굴을 보니 눈 아픈 녀석은 아니었다. 내가 다가가자 철망 안을 빙빙 돌면서 작은 소리로 울어댔다. 어디서 다쳤는지 등에 상처가 있었고, 부어오른 부위에 피가 비쳤다. 우선 이 녀석부터 치료를 해줘야 할 것 같았다. 나는 바쁜 걸음으로 방에 들어가 냥이 약봉지 속에서 연고를 꺼내 면봉과 장갑을 챙겨서 내려갔다. 고양이를 꺼내서 약을 바르면 좋은데 잘못하면 물리거나 할퀼 위험이 있다. 실랑이를 하면서 철망 한쪽으로 몸이 쏠린 틈을 이용해 면봉에 연고를 듬뿍 묻혀 등의 환부에 발라주었다. 아, 이 희열감이라니! 고양이는 내 손에 신경 쓰느라 등에 닿는 촉감을 느끼지 못하는 듯했다. 철망 뒤를 열어 나오라고 해도 겁이 났는지 바로 나오지는 않았다. 혹시 시청직원에게 업무상 필요할지도 몰라 사진을 찍어두고는 돌아왔다. 주말 동안 사료는 그대로였고 눈병이 있는 고양이는 잡히지 않았다. 월요일 아침, 시청직원에게서 전화가 왔다. 그동안의 일을 얘기했고 며칠 더 지켜보기로 했다.

나는 약에 대해 생각을 해봤다. 사람의 약은 어떤 성분의 것들이 쓰이는지 관심을 기울이면 하나하나 알아볼 수가 있다. 이것만으로도 상당한 공부가 된다. 나는 냥이 말고는 지금까지 동물을 위해 약을 써본 적이 없어서 별다른 지식이 없다. 병원에서 처방받은 냥이의 약이라면 상처에 바르는 연고와 안약이 전부다. 그리고 진드기나 기타 전염을 예방하는 약이 있어서 주기적으로 관리하고 있다. 연고나 안약은 병원에서 준 분홍색 용기에 들어있어서 어떤 성분인지 알 수가 없다. 설명서가 있었다면 공부를 했을 터이다.

　이런 생각을 하게 된 것은 최근에 《세계사를 바꾼 10가지 약》이라는 책을 흥미롭게 봤기 때문이다. 열 가지 약은 비타민C, 퀴닌, 모르핀, 마취약, 소독약, 살바르산, 설파제, 페니실린, 아스피린, 에이즈 치료제였다. 비타민C는 괴혈병, 퀴닌은 말라리아, 모르핀은 통증, 살바르산은 매독, 페니실린은 항생, 설파제는 세균감염, 아스피린은 진통에 쓰인다. 지금까지 태어난 인류의 절반 가까이가 말라리아 감염으로 사망했을 거라는 주장을 하는 연구자도 있다 하고, 비타민C와 페니실린은 인류 역사를 바꾼 가장 중요한 약이라고 한다. 그리고 가장 많이 팔린 약은 아스피린이란다. 이 열 가지 약은 절반 정도가 불과 백 년 이내에 개발된 것이고 아무리 넓게 봐도 수백 년 내외의 역사를 지닌다. 인류가 병을 극복하기까지 얼마나 많은 고통과 희생을 안고 살아야 했는지, 그리고 그런 물질을 알아낸 천재적인 인물들의 시혜를 생각하면 그 깊은 은혜에 마음이 숙연해진다. 또 통증 완화와 세균감염, 소독 등이 기초적이면서도 주요 치료제인 것을 보면 일상 자체가 고통이란 걸 말하는 듯하다. 장비 같은 위인도 (죽음도 두렵지 않다고 큰소리를 쳤는데 제갈공명이 손에 '病' 자를 가만히 써 보이며 이것도 무섭지 않냐고 물었더니) '천하영웅 호걸도 병은 무섭다'고 했다는 말이 있다.

　우리가 존재하는 모든 생명에 대해 연민의 마음을 가져

야 하는 이유는 존재들이 겪는 모든 문제들이 우리의 잠재적인 모습이기 때문이다. 그래서 불편을 내색하지 말고 함께 잘 지내는 지혜를 발휘해야 한다. 내 안에서 남을 발견할 수도 있고 남을 통해 내 모습을 반추해볼 수도 있다. 남을 어떻게 대하는가의 문제는 스스로 자기 자신을 어떻게 대하는가 하는 자세와 통한다.

　　여기에 동아시아 윤리세계를 관통하는 '어짊'의 문제가 나온다. 동아시아 유학사상에서 '인(仁)'이라는 '어짊'은 사람을 아끼는 그 자체를 말하는 것이 아니라, 사람을 아낄 때에 드러나는 마음의 덕성이라는 것이다. 이는 얼마간의 법칙성이다. 어떤 행위를 하면 그 행위에 따른 심리가 발동된다는 이치다. 본래부터 인이라고 하는 통일적인 정의나 의미가 없다. 왜냐하면 이 심리를 한 가지로 정의하기에는 한계가 있고 어울리지 않는다는 것을 공자는 꿰뚫었다. 즉 어떠한 타이밍에 어떠한 형식으로 마음이 드러나느냐가 관건이다. 그래서 군자라고 하는 고준한 영혼의 소유자는 아무리 비천한 일일지라도 그 자리에서 생명 본연의 가치를 드러낼 수 있는 사람이기도 하다. 선한 도덕성이 인간의 내면에 갖추어져 있다는 생각은 공자 당시에는 없던 철학이다. 마음에 내재되어 있다는 생각은 후세 유학의 중요한 사고로서 '이(理)'라고 하는 철학으로 발전되지만, 우리의 내면이란 항상 반조하고 돌아보는 자리이지 본래 고정적으로 있는 자리가 아니다. 진리는 하늘이나 신에게 있는 것이 아니라 사람과 사람 사이에 있다는 현장성이 유교의 본래 정신이다. 따라서 '인'은 한마디로 정의되지 않는 유연한 것이다.

지금은 애완동물의 차원을 넘어 반려동물이라고 호칭도 달라졌다. 따라서 이 사회는 사람과 사람뿐만이 아니라 사람과 동물, 동물을 키우는 사람에 대한 배려, 그리고 인간사회에 깊숙이 들어온 동물에 대한 존중감도 우리가 풀어야 할 숙제이고 책임이다.

진화론으로 유명한 다윈은 자연에는 비약이 없다고 했다. 모든 생명체는 생존을 위한 몸부림을 통해 환경에 적응하며 살아간다. 비약이 없다는 말이 나에게는 이유 없는 결과는 없다, 혹은 공짜로 얻어지는 것을 없다는 말로 들린다. 유전적인 진화가 아니라도 일상에서 지금 당장의 한 페이지에 정성을 다해야 한다. 이런 이야기가 있다.

아프리카의 여러 원주민들 중에 두 부족의 사람이 명령을 어겨서 감옥에 들어갔다. 그날 밤 간수가 귓속말로 내일 형 집행을 하는데 팔이 없는 사람은 목이 잘리지 않을 거라고 알려주었다. 그 말을 듣고 한 사람은 태연히 잠을 잤고, 한 사람은 칼로 자신의 팔을 잘랐다. 극심한 통증 속에서도 자신은 목숨을 건졌다고 위안을 하며 오히려 자고 있는 사람을 불쌍하게 여겼다. 드디어 날이 밝고 집행이 이뤄지기 전이었다. 그런데 왕이 갑자기 사람들을 풀어주라 했다. 명령을 받은 간수는 묶은 줄을 풀어주며 돌아가라 했다. 그러자 팔을 자른 사람이 왕에게 따졌다.

"왕이시여, 저는 팔을 자른 사람은 살려준다는 말을 듣고 어젯밤에 팔을 잘랐습니다. 저 사람은 멀쩡한데 왜 목을 자르지 않습니까?"

"그런 말이 있지 않나, 4페이지를 보기 전에 5페이지로 넘어가지 말라고."

왕은 대수롭지 않게 웃어넘길 뿐이었다.

누구나 가끔 그럴 때가 있다. 눈치껏 빨리 움직였는데 오히려 화가 미치는 경우 말이다. 우리가 혼자서 꾸는 꿈은 미약하지만 모두가 함께 꾸면 그것은 새로운 세상의 시작이 된다. 높이 오르려면 우선 뿌리를 깊게 내려야 한다. 시간을 소홀히 보낼 생각을 하지 말아야 한다. 조금을 알기 위해 많이 공부해야 하는 것은 학문의 법칙과 같다. 우리는 세상에 대해 배울 것이 많다. 그리고 당장은 안질에 걸린 새끼고양이를 포획하여 병원에 데려가는 일이 나에게는 시급하다. 그 녀석을 어떻게라도 하고 나야 편히 내 일을 할 수 있을 것 같기 때문이다.

이집트를 낳은 나일강처럼

여름이 길게 느껴진다.

햇살이 사선으로 들어오는 늦은 오후가 되면 정수리에 성냥불이라도 올라탄 듯한 열기가 느껴지기 시작한 지도 여러 날이 되어간다. 냥이는 밖의 그늘도 더운지 방에 들어와 사방탁자 속에서 꼼짝을 않는다. 내가 앉는 책상과 사방탁자는 좁은 방의 남북방향으로 떨어져 있기 때문에 선풍기가 두 곳에 바람을 보내기는 어렵다. 그래도 냥이가 시원한 게 좋겠지. 그래서 냥이 쪽으로 바람의 70%가 갈 수 있게 해놓는다. 그러니 내게 오는 바람이라고 해봐야 부채로 부치는 정도밖에는 되지 않는다. 냥이는 선풍기 바람이 좋은지 오후 한나절을 가끔 뒤척거리는 정도 외에는 꼼짝도 하지 않았다.

"우리 냥이는 허리도 안 아픈가 봐!"

눈을 꼬-옥 감고 있어서 잠을 자는지는 알 수 없지만 조그만 소리에도 귀가 움직이는 걸 보면 깊은 잠은 아니다. 눈이라도 좀 떠보라는 뜻으로 콧등을 톡톡 치면서 장난을 걸어보지만 반응이 희미하다. 세상에서 가장 어려운 일은 아무것도 하지 않는 것이라고 했던가. 그런 면에서 냥이는 가장 어려운 일을 하고 있는지도 모른다.

냥이의 아무것도 하지 않음은 인간이 쉽게 따라할 수 있는 게 아니다. 움직이면 더우니까 극도로 활동을 자제하면서 자신의 체온을 덥히는 행동을 참아내는 냥이만의 내공이다.

고양이라는 동물은 이런 남다른 전략이 있어서인지 더위에 맞서지 않고 태연하게 피해 나간다. 이 전략은 남매 고양이도 마찬가지다. 언제부턴지 큰절에서 건너와 탑전 마루밑에 자리를 잡고 지내는 녀석들이다. 이쁜이(등의 무늬가 예뻐서 붙여준 이름이다)는 처음보다 갈수록 배가 불러오는 것이 여간 신경 쓰이는 게 아니다. 그마저도 낮에는 어디를 가는지 해가 떨어지기 전에는 보이지도 않는다. 오히려 수고양이는 멀리 가지 않고 화단의 정원수 밑 그늘에 배를 깔고 엎드려 있는 것을 좋아한다. 그렇게 각자 낮을 보내고 나면 저녁부터 활기를 찾아 장난을 치고 뛰어다닌다. 신기하게도 그 조그만 몸집의 고양이들이 뛰어다니는 소리가 땅을 쿵쿵 울리는 것을 들을 수 있다.

초저녁에는 냥이를 데리고 새끼고양이 가족을 찾아간다. 아직도 시청 축산과 직원이 놓고 간 철망이 풀숲에 입을 벌리고 아픈 녀석을 기다리지만 좀처럼 걸려들지 않는다. 아예 철망 근처는 오지도 않고 멀리 돌아서 다니는 듯하다. 저녁에 물을 갈아주고 사료를 듬뿍 놓고 가면 다음날 정오 무렵엔 물도 반으로 줄고 사료도 깨끗하게 비워진다. 새끼고양이들은 제법 살도 오르고 몸길이도 늘어나서 이제 죽지는 않겠지, 안심이 되지만 얼굴 보기는 더 어려워졌다. 움직임도 빨라져서 내가 가면 재빨리 숨어버린다. 그마저도 이삼 일에 한 번 볼까 말까 하는 정도인데, 눈병이 있는 녀석은 도통 볼 수가 없다. 운

명이라면 어쩌겠어, 하면서도 딱하고 불편한 마음이 가시지 않는다. 그나마 사료라도 잘 먹고 깨끗한 물을 잘 먹어줘서 고마울뿐.

요즘은 낮에 고양이를 보기가 쉽지 않다. 어쩌면 참배객들 눈에 띄지 않으려고 어미 고양이가 관리를 하는지도 모른다. 그래서 항상 큰 기대는 하지 않고 그냥 스치는 정도로 보는 것인데 오늘은 뜻밖의 광경을 보게 되었다. 바짝 마른 계곡의 그늘 짙은 바위 위에 누워 있는 어미 고양이 품에 새끼고양이 한 마리가 젖을 빨고 있었다. 신기해서 한참을 쳐다보다 어미 고양이와 눈이 마주쳤다. 어미는 고개를 들어 나를 쳐다볼 뿐 별 반응을 보이지 않았다. 새끼고양이는 내 눈치를 힐끗 보더니만 영문도 모르고 열심히 어미 품에 머리를 박고 더듬거렸다. 어미 고양이의 의연하고 당당한 모습이 아름답게 느껴졌다. 새끼들이 놀라지 않도록 진중하고 사려 깊게 외부 환경에 대처하는 어미 고양이!

우리는 여성성(女性性)에 대하여 좀 더 진지하게 성찰할 필요가 있다. 여성성은 만물을 낳아 기르며 세상에 적응하도록 이끌어준다. 그래서 여성성은 땅의 마음이다. 땅은 뭐든 포기하지 않고 끝까지 길러내려 한다. 땅-공간은 우리에게 생명과 활력을 준다. 자기가 사는 공간을 귀하게 대하는 사람은 땅의 복을 받는다. 그 사랑이 공간의 정화이면서 성스러운 공간으로 변화시키는 힘이다. 자연을 사람과 별개의 것으로 보지 않고 일체감을 갖도록 가르치는 이야기는 각 문화권의 원주민들의 지혜 속에 많이 녹아 있다. 알래스카 이누피아트 족에게는 한 여인의 이야기가 전해진다.

나는 밤이 지나가기를 기다리는 법을 배웠다.
배고픔의 시기를 견뎌내는 법과
늙은 사람이 죽는 것을 지켜보는 법을 배웠다.
우리 인디언은 삶을 받아들일 줄 안다.
인간 존재로서 삶의 모든 좋은 시기와
나쁜 시기를 받아들인다.
그리고 죽음까지도, 죽음은 삶의 한 부분이다.
나의 딸은 죽음을 맞이하면서도 매우 용감했다.
나는 그 아이가 먼 곳을 바라보는 것을 보았다.
내가 물었다.
'넌 무얼 보고 있는 거냐, 무엇을 보는 거냐?'
딸아이가 '아름다운 것들이 보여요, 엄마'라고
대답했다.
그때 나는 사람이 죽어도
그것이 끝이 아니라는 것을 배웠다.
당신이 죽어도 당신의 영혼은 계속해서 존재한다.

그대의 영혼은 기다리는 장소로 가서
몸을 얻어 다시 태어날 때까지 기다린다.
나는 죽음을 두려워한 기억이 없다.
죽음을 탄생과 마찬가지로 받아들일 수
있어야 한다.
사람이 죽는 것은 한 개의 문이 닫히고
다른 문이 열리는 것과 같다.

삶과 죽음을 서로 무관하게 보지 않고 한 모습으로 대하는 유
연한 자세가 아름답다. 이 세상의 모든 존재는 이유 없이 생겨
나지 않는다. 각각이 인과관계 속에서 생멸한다. 우리 영혼은
함께 나누는 공생의 덕을 발휘할 때 가장 아름답게 빛난다. 삶
의 모든 좋은 시기와 나쁜 시기를 받아들일 줄 아는 자세도 그
렇고, 다시 생명을 얻어 태어날 때까지 기다린다는 자세가 좋
다. 그러니까 죽음이 두렵지 않고 태어남이 특별하게 반짝이
는 것도 아니다. 우리가 어떤 부와 명예를 갖는다 해도 죽음을
생각하면 숙연해질 수밖에 없다. 임사 체험을 한 많은 사람들
을 추적한 연구에 의하면 공통적으로 하는 말이 누워 있는 자
신의 몸이 그렇게 아름다울 수 없다고 한다. 삶은 무엇을 남기
는 것일까?

　‘이집트는 나일강의 선물이다’라고 한 사람은 《역사》를

쓴 헤르도토스다. 인류 역사에서 호메로스가 서사시를 맨 처음 썼고, 헤르도토스가 역사의 개념을 처음 열었고, 칼리마코스가 알렉산드리아 도서관에서 사서로 일하면서 저작물들을 몇 개의 범주로 구분하면서 도서 분류를 시작했다. 현대 도서관의 책 분류는 여기에 연원한다.

　나는 헤르도토스의 말을 곱씹어보며 많은 생각을 해보았다. 이집트에는 지구상에서 가장 긴 강 중의 하나인 나일강이 있다. 6,690km(길이가 일정치 않다)의 이 강은 아프리카 대륙 내부의 빅토리아 호수에서 발원하여 북쪽 방향으로 흘러 지중해로 들어간다. 나일강은 우리 몸의 혈관처럼 아프리카 대륙을 가로질러 흘러가는 것인데, 강을 중심으로 생각하면 대륙이 강을 품고 있는 것이 아니라 강이 대륙을 낳은 게 된다. 보통의 비는 적당히 오는 것이 좋겠지만 아프리카의 비는 많이 올수록 좋다. 파라오의 능력도 비를 얼마나 많이 오게 하느냐에 달렸다고 한다. 갑자기 사막에 물이 쏟아지면 물줄기가 가는 방향대로 강이 만들어진다. 강이 흐르거나 범람하면 엄청난 양의 토사가 함께 흐르면서 물줄기를 바꾸고 새로운 지형을 낳는다. 그래서 헤르도토스는 이집트 속의 강이 아니라 오히려 강이 이집트를 낳은 것이라는 해석을 내렸던가 보다.

　삶을 긴 안목에서 보면 바로 이런 것인지도 모른다. 흐르는 강물이 토사를 토해내고 그 퇴적물이 쌓여 땅이 된다는 생각 말이다. 아우구스티누스는 '하수관으로 흘러가는 물을 정원으로 끌어가라'라고 했다. 버려지는 물일지라도 정원으로 끌어들여 화초에게 주면 얼마나 아름다운 꽃을 피우겠는가. 사실 물 자체는 전혀 더러움이 없다. 우주선에서는 소변을 정화 장치를 거쳐 생수로 쓴다 하듯이 물 자체의 오염은 없기 때문에 정화가 가능하다. 물은 H_2O라는 원소기호를 갖는다. 수소 원자 2개와 산소원자 1개가 결합하면 물이 만들어진다. 이 원자 자체에는 오염이 없다. 불순물이 더럽게 보일 뿐 더러움 자체에 물들지 않는다. 불교에서는 이것을 연꽃에 비유하여 '처염상정(處染常淨)'이라 한다. 연꽃이 진흙 속에 뿌리를 내리지만 청정한 꽃을 피워내는 것처럼 세상에 살아갈지라도 마음이 물들지 않도록 하라는 의미다. 따지고 보면 흙에 더러움이 있겠는가. 흙 자체는 깨끗함도 더러움도 없다. 그것을 보는 우리가 깨끗함과 더러움을 생각할 뿐이다.

　　단순한 삶이 어려운 이유는 그것이 정직하기 때문이다. 정직한 마음이 없으면 단순함의 힘이 나오지 않는다. 우리는 각자 마음의 정원에 어떤 물이건 생명수로 끌어들여야 한다. 물이 중요하지 그 물이 어떤 물인지는 별로 중요하지 않다. 밤이 지나가길 기다리면 아침이 밝아 오고 탁한 물도 기다리면 맑아진다. 좀 기다리고 지켜보면서 살아가면 좋지 않은가. 나일강이 이집트를 낳았다는 생각을 하면서.

옥수수밭이 집에서 멀면 새들이 다 먹어치운다

짙은 초록의 앞산이 눈앞으로 성큼 다가온다.

산이 자라기라도 한 것처럼 크게 보인다. 흔히 산을 두 가지로 구분하여 평한다. 산세가 험하고 거칠면 악산(惡山), 흙이 많이 덮여 바위가 도드라지지 않으면 육산(肉山)이다. 악산은 바위를 뜻하는 악(岳)의 뜻을 차용하여 설악산, 관악산 하듯이 이름만으로도 산의 성격을 가늠할 수 있다. 사람의 생김새도 마른 몸의 체형은 골격이 드러나 예민하게 보이고 살집이 있는 사람은 골격을 감싸듯이 하여 풍만한 느낌을 준다.

송광사를 품어 안은 조계산은 육산이다. 여느 산처럼 버선코 같은 뾰족한 봉우리가 없는 부드러운 능선이 800 고지 정상까지 이어지는데, 산속에 들어가면 은근 가파르고 힘이 든다. 자연의 지세란 게 묘해서 그곳에 들어가면 사람이 땅을 닮아간다. 십수 년 만에 조계산에 다시 들어와 지내보니 이 산의 은근한 힘이 느껴져서 좋다. 눈앞이 툭 트인 호방한 곳에서는 도 닦기가 어렵다고 한다. 마음에 답답한 것이 있어야 의문이 생기고 공부가 될 텐데 시야가 툭 트이고 마음이 풀어지면 맺힌 게 사라져버리고 만다. 공부는 그런 게 아니다. 밤송이를 삼킨 듯, 속에 의문이 있어야 한다. 수행에서는 이 의문을 대단히 중요시한다. 바다와 달리 둘러친 산은 눈을 가리는 차단막과 같다. 보고 싶고 듣고 싶고 말하고 싶은 것들을 참아내고 오직 마음을 보는 것이다.

송광사엔 차안당(遮眼堂) 건물이 있다. '눈을 가린다'는 뜻이다. 출가해서 각 전각마다 다른 이름의 의미를 헤아려보다가 유독 이 전각의 뜻은 잡히지 않았다. 그런데 출가 30년이 되어서야 그 말의 의미가 깊게 새겨졌다. 눈을 가리듯이 다스리지 않으면 '나'라고 하는 내면의 어떤 것이 꿈틀거리며 살아난다. 이러한 마음을 닦는 모든 가르침에는 '나'를 앞세운 행위에 대해 경계할 것을 당부한다.

예를 들면 공자님은 네 가지를 끊었다고 한다. 억측하지 말고[毋意], 꼭 그래야만 한다고 세우지 말고[毋必], 고집하지 말고[毋固], 나를 내세우지 말라[毋我]는 등의 네 가지다(《논어》〈자한편〉). 억측은 우선 당사자가 괴롭다. 사실관계가 명확하지 않은 상태에서 혼자만의 생각으로 미루어 짐작하는 것은 사실과 어긋나기 마련이다. 억측의 오해를 피하려면 시간을 가지고 기다리는 것이 좋다. 아랍에는 '세상에 모르는 것이 없다고 생각하는 자는 화병으로 죽을 위험이 있다'라는 격언이 있다. 억측은 오만한 마음의 표출이니 더욱 삼가할 필요가 있다. 자기주장이란 것은 조금만 지나쳐도 독선으로 흐를 위험이 있다. 또 고집하는 것에도 문제가 있다. 옳고 그름을 생각하지 않고 단지 지지 않으려고 우기기만 하면 곤란하다. 이 모든 것이 나를 내세우려는 심리가 작용하기 때문이다. 많이 배우고 아는 사람일수록 사고가 유연하다. 그리고 언제든 무엇이든 자신의 의견에 오류가 있다면 수정할 용의가 있다. 이것은 분명한 사실이다. 수행하고 기도하는 모든 행위가 나(我)를 극복하는 데 있다. 불교에서는 아예 무아(無我)라고 하여 나라는 존재 자체가 고정된 실체로 있지 않다고 한다.

우린 가끔 나도 모르게 입을 벌리고 있는 것처럼 무기력해질 필요가 있다. 치열한 경쟁, 더 많은 것을 가지려는 마음을 쉬고, 긍정이건 부정이건 판단과 논쟁에서 벗어나보는 것이다. 이 무기력이 영혼의 성장에는 도움이 된다. 어떤 면에서 우리의 기도와 수행에는 말이 너무 많다. 인식의 너머, 저 초월의 세계엔 긍정과 부정의 의미가 없다. 몸과 마음을 내려놓고 절대적인 수용의 자세를 보이면 스승이 찾아온다. 제자가 스승을 찾는 것이 아니라 때가 되면 스승이 제자를 찾아온다. 이것은 동서고금의 모든 영적인 스승과 제자의 관계에서 하나의 법칙처럼 작용한다.

단순하고 소박한 삶을 살려면 마음의 가난을 배워야 한다. 마음의 가난! '심재(心齋)'라는 말이 있다. 마음의 재계라고 하겠는데, 마음의 비움이고 정화이고 겸허하게 사물을 대하는 자세다. 마음의 가난은 빈곤이 아니라 한없이 낮춤이고 고요한 마음이다. 더는 덜어낼 것이 없는 상태의 마음이다. 마음을 다해 들으면 지혜가 떠오른다. 마음을 오롯이 하고 귀가 아닌 마음으로 듣고, 기운으로서 들으라는 것이다. 보고 듣고 말하는 것을 다스린다는 것을 생각하면 떠오르는 이야기가 하나 있다. '세 귀머거리와 벙어리 수도사' 이야기다.

한 양치기가 있었다. 그는 양을 치면서 부지런히 살아가는 사람이었다. 하루는 집에서 멀리 떨어진 곳까지 양을 몰고 나와 풀을 뜯기고 있었다. 그런데 점심때가 되어도 아내가 음식을 가져오지 않아서 무슨 일인지 걱정이 되어 집에 다녀오고 싶었다. 누구에게 양을 부탁할까 주위를 두리번거리며 살펴보니 가까운 곳에 한 남자가 풀을 베고 있었다.

　　"저, 실례지만 제 양을 좀 봐주세요. 집에 잠깐 다녀올 일이 있어서요."

　　양치기가 부탁을 했지만 그 남자는 풀을 베는 일에만 열중했다.

　　"나는 가축에게 줄 풀을 베고 있답니다."

　　"그럼 봐주시는 걸로 알고 다녀올게요."

　　"저이가 도대체 뭐라는 거야?"

　　양치기가 말을 마치고 급히 산을 내려가자 그 남자가 중얼거렸다. 그 두 사람은 귀머거리여서 서로가 하는 말을 알아듣지 못했다. 양치기는 집에 가서 밥을 먹고 다시 양이 있는 곳으로 돌아왔다. 다행히 양들은 모두 잘 있었고 남자는 여전히 풀을 베고 있었다. 양치기는 고맙다는 인사로 선물을 주고 싶어 다리를 저는 양을 안고 남자에게 다가갔다.

"감사의 표시로 이 양을 드리고 싶어요."

"난 풀을 베는 중이랍니다."

"사양 마시고 받아주세요. 이 양은 태어날 때부터 다리를 절어서 어차피 내다 팔지도 못합니다."

그러면서 양을 내려놓으니 정말로 양은 다리를 절었다.

"난 당신 양에 손대지 않았어요!"

"저는 양이 많아서 한 마리 정도는 선물로 드려도 됩니다. 받아주세요."

"아니, 난 당신 양에 손대지 않았다고요. 아까부터 왜 자꾸 귀찮게 하는지 모르겠네."

두 사람은 상대방의 말을 듣지 못하는지라 누가 보면 싸우는 걸로 보였을 것이다. 그때 한 사람이 말을 타고 급히 가는 것이 보였다. 두 사람은 말을 멈추게 하고는 서로 자초지종을 설명했다. 그런데 두 사람의 얘기를 가만히 듣던 사람이 갑자기 무릎을 꿇고 용서를 빌었다.

"죄송합니다. 한 번만 용서해주세요. 제가 말을 훔치려고 했던 것은 아닌데, 마을에 들어갔다가 말을 발견한 순간 나도 모르게 말을 훔쳐 달아나게 되었습니다."

말을 타고 가던 이 사람도 귀머거리였다. 세 사람 모두 서로의 말을 알아듣지 못하는 셈이었다. 그 순간 지팡이를 든 수도승 차림의 한 사람이 다가왔다. 세 사람은 수도승에게 각자 상황을 얘기했다. 수도승은 차례로 말을 듣고는 알아듣는 듯한 표정을 지었다. 그런데 기다려도 웃기만 할 뿐 아무 말이 없었다. 수도승은 벙어리였다. 뒤늦게 이를 안 도둑은 급히 말을 타고 달아났고, 풀 베던 남자는 풀을 지고 마을로 가고, 양치는 사람은 양을 몰고 언덕 너머로 사라졌다.

남의 말을 들으면서도 맥락을 이해하지 못하면 듣지 못하는 것과 같다. 귀가 귀의 역할을 못하는 것이니 귀와 소리에는 벽이 세워진 셈이다. 무슨 일이든 벽을 만나면 그 자체가 하나의 난관으로 작용한다. 듣지 못하는 사람끼리의 대화가 쉽지 않다. 또 다른 하나는 듣고 알기는 하지만 말을 못하는 경우다. 우리는 뜻밖에도 진실을 말하기가 더 어렵다는 것을 느낀다. 그래서 귀가 있어도 듣지 못하고 입이 있어도 말하지 못하는 역설이 세상에는 존재한다.

한번은 광주에 내려오기 위해 용산역에 갔다가 스마트폰 영상통화를 이용해 수화로 상대와 대화하는 사람을 본 적 있다. 젊은 여성이었는데 아마 말을 하지 못하는 듯했다. 한 손에는 셀카봉에 스마트폰을 달아 화면을 보면서 한 손으로는 수화를 하는데 (그것도 복잡한 대합실 한복판을 걸으면서!) 그 모습이 감동스러웠다. 세상에! 육신의 장애 정도는 극복할 수 있는 시대가 되었다.

이런 감동적인 일상의 모습들을 보면 아무리 작은 일이라도 소중히 생각하고 열심히 살아야겠다는 의욕이 샘솟는다. 작은 것을 놓치면 큰 것을 보기가 쉽지 않다. '옥수수밭이 집에서 멀면 새들이 옥수수를 먹는다'는 서양의 속담도 이것을 말하고 싶은지도 모른다. 결국 자신이 잘하는 일이 자신의 행복에 도움이 된다. 우리는 결코 행복을 포기하거나 가볍게 생각해서는 안 된다. 내가 하는 일은 다 잘될 거라는 희망을 안고 기쁜 마음으로 살아가는 것이다. 그러기 위해서는 나에게 이익이 되는 일일수록 가까이 놓고 확인하고 놓치지 않는 습관을 들이는 게 좋다. 관리하지 않으면 새들이 옥수수를 전부 먹어버리고 만다. 내 일은 내가 하고, 내 몫은 내가 챙기는 습관이 행복한 삶의 기초다.

내가 읽는 이유

태풍이 지나갔는지 사위가 잠잠하다.

간헐적으로 햇살이 들어 모처럼 산행에 나섰다. 이미 혼이 빠져나가 선 채로 썩어가던 고사목 몇 그루가 뿌리째 넘어지면서 두어 동강 난 정도를 제외하면 숲은 비교적 멀쩡했다. 먹구름 사이로 빠져나온 햇살에 눅눅해진 몸을 말리려는지 바위 위에 밧줄처럼 걸쳐져 있는 뱀을 두 번이나 만났다. 새가 날아다녔으나 어쩐지 활기차 보이지는 않았다. 숲엔 아직도 습기가 많이 남아 있어서 평소보다 땀을 많이 흘렸다.

산에서 내려와 탑전 입구를 지날 때면 꼭 새끼고양이들 있는 곳을 둘러보는 게 하나의 코스가 되었다. 여전히 사료 통은 깨끗이 비워져 있고 새끼고양이들은 보이지 않았다. 냥이의 박스 집을 밖에 내다 말리고 바닥에 떨어진 사료 알갱이에 모여 바글대는 개미들이 다치지 않게 조심스레 뜰을 쓰는데 등 뒤에서 냥이가 야옹, 하면서 다가왔다.

"냥이, 밥 먹어야지!"

냥이의 밥그릇에 사료를 채우고 물도 새로 받아 나란히 놓아두고는 옆에 쪼그리고 앉아 어지간히 먹을 때까지 지켜보았다. 조금 있다 빗을 들고 오자 냥이는 자연스레 곁으로 다가왔다.

"시원해? 시원하지!"

냥이는 머리와 목, 등과 배, 꼬리까지 구석구석 털을 빗겨주면 아주 행복해한다. 특히 머리나 목에서 등으로 이어지는 부분은 스스로 긁기 어려우니 기둥이나 모서리 등을 이용하거나 바닥에 뒹굴면서 해결한다. 하지만 주인이 살뜰하게 빗겨주는 것만 같지 않으리라. 이런 일들이 내가 냥이에게 매일 하는 서비스이고 일과다. '가장 중요한 문제를 처리할 때는 심지어 신마저도 상대의 호의를 이용한다'는 서양의 격언이 있다. 냥이와 내가 서로를 방해하지 않고 같이 잘 지낼 수 있는 비결은 냥이의 기분을 맞춰주는 것에서 시작된다. 내가 냥이와 살아가는 첫째 원칙이 냥이가 오도록 기다리는 것이다. 나는 아직 고양이에 대해 잘 알지 못하기 때문에 냥이가 원하지 않는 일을 재촉하지 않는다. 대신 인내심을 갖고 기다리면 냥이의 마음을 알아내기가 보다 수월해진다. 하긴 종교의 황금률도 마찬가지다. 《논어》에 공자와 자공의 대화가 있다.

자공이 물었다.

"한마디로 평생 지키고 행할 수 있는 말이 있습니까?"

공자가 말했다.

"바로 서(恕)일 것이다. 자기가 원하지 않는 일을 남에게 강요하지 말아야 한다."

'恕'는 용서다. 만약 어떤 사람의 잘못을 두고 그건 너만이 저지르는 일이다, 하면 그 사람은 죄책감에 빠져든다. 그러나 그건 누구나 할 수 있는 잘못이니까 반복하지만 말라, 하고 기회를 준다면 그는 바른 길을 갈 수 있다. 학교도 정상적인 학교 교육이 어려우면 대안학교도 있고 검정고시처럼 대체할 수 있는 방법은 얼마든지 있다. 이런 사회적 장치를 충분히 갖춘 사회가 선진화된 사회다. 그러면서 성숙한 사회의식을 길러주면 그는 또 다른 사회적 공헌을 하면서 자신이 사회로부터 받은 혜택을 돌려주려 할 것이다. 우리는 이런 선순환의 전통을 만들어야 한다. 영어의 'Enlightment(깨달음)'는 계몽을 뜻하는 말이면서 깨달음을 표현할 때도 이 단어를 쓴다. 어둠으로부터 빛이 번쩍 들어오면 모든 것이 훤히 드러난다. 모르던 것을 아는 게 지식이고 지식을 연마하면 지혜가 나오듯이 계몽은 중요하다. 계몽주의자들은 '알고자 하는 용기를 가져라'하고 배움에 대한 열망을 독려한다.

30대부터 내 책상 앞에는 가와바타 야스나리의 얼굴과 프로필이 적힌 책날개가 오려져 붙어 있다. 얇은 테이프로 가볍게 붙였는데 20년이 지난 지금도 그대로 있다. 그의 인생과 고독에서 나의 또 다른 면을 봤고, 그만큼 책을 봐야겠다는 목표가 있었다. 그의 《설국》을 읽으면서 본격적으로 세계문학을 편력하기 시작하던 때의 감흥을 아직도 잊지 못한다. '국경의 긴 터널을 빠져나오자, 설국이었다. 밤의 밑바닥이 하얘졌다. 신호소에 기차가 멈춰 섰다…' 이렇게 시작되는 설국의 첫 문장이 나에게는 독서라는 세계로 나아가는 숙명 같은 느낌을 주었고, 책을 떠나서는 살지 않겠다는 다짐을 받아냈던 명문이다. 나에게 인생의 시간표를 되돌려 다시 독서를 시작하는 시절로 돌아간다 해도 나는 《설국》부터 시작하는 운명이기를 기대한다.

우리는 왜 책을 읽어야 할까? 흔히 학문을 익힌다고 말한다. 여기서 익힌다는 것은, 한자로 습(習)의 뜻이다. 습은 깃우(羽)와 흰 백(白)이 합쳐진 글자다. 새가 태어나면 아직은 나는 법을 모른다. 그러니까 어떤 경험이 축적되지 않는 무지의 상태가 白이다. 머리가 텅 비었다는 것인데, 날개를 퍼덕이면서 나는 연습을 부지런히 하면 날개에 근육이 붙고 힘이 생겨서 하늘로 날아갈 수 있다. 새가 날아가기 위해 연습하는 과정이 習의 자형이 되었다. 그러니까 학문을 한다는 것은 아는 것에서 그치지 않고 그 앎의 창으로 인간과 세상을 바라보며 좀 더 나은 관점과 대안을 발견하고 제시해야 한다. 배운 사람의 의무인 셈이다. 이쯤에서 나의 독서편력을 얘기해보고 싶어진다.

나는 남도 끝자락에서 유년을 보냈다. 내가 책을 접하게 된 계기는 군에서 주최하는 고전읽기 경시대회에 학교대표로 나가게 되면서다. 그 몇 해 동안 도서관으로 만든 교실 한 칸에서 독서의 세계를 맛보았다. 사방 책이 그득한 공간에서 나를 포함한 서너 명의 학생이 넓은 테이블을 각자 차지하고 책을 읽었다. 우리에게 주어진 특권은 방과후나 방학에도 도서관에

들어갈 수 있는 거였다. 방학 때면 하루에 열 권, 스무 권 잔뜩 쌓아놓고 교실이 어둑어둑해질 때까지 읽었다. 시골에서 자란 내가 책을 원 없이 볼 수 있었던 인연은 이렇게 만들어졌다. 책 장에 있는 책을 모조리 읽어나가면서 나의 시선은 훨씬 높은 곳을 향하기 시작했다. 이 세상은 어떤 사람들이 살아가고 있 는지 너무도 알고 싶었다. 그리고 언젠가는 반드시 그 세상을 밟아보리라는 희망에 부풀어 유년을 지냈다.

그리고 출가하여 군대에 있는 동안 책을 많이 봤다. 군 종병으로 군법당에서 혼자 생활했기 때문에 법회 준비와 소소 한 행정사무를 제외하고는 시간이 많이 남았다. 석유난로 옆 에서 눈이 아릴 정도로 책을 보다 배고프면 라면도 끓여먹곤 했던 눈 내리던 겨울밤을 잊을 수 없다. 제대하고 20대와 30대 를 지나면서 선방도 다니고 사중소임도 보는 와중에도 책을 놓지 않았다. 40대와 50대 초반까지가 독서의 황금기였다. 이 시기에 독서에 대한 나의 세계가 충실하게 확립되어 갔다.

나는 일생 만 권 독서의 꿈을 꾸었다. 이생에서 내 힘으 로 이룰 수 있는 가장 가치 있는 일이 무엇일까, 고민을 하다가 저지른 일이다. 이유는 두 가지다. 첫째는 세상을 알고 싶은 참 을 수 없는 궁금증이 가슴깊이 자리하여 그 불씨가 꺼지지 않 았기 때문이다. 알고 싶고 배우고 싶은 열망을 주체하기 어려 웠다. 그러기 위해서는 책을 읽어야 했다.

둘째는 내가 열 수 있는 운명의 문은 스스로 열어야겠다는 열정이 있었다. 세상의 일이란 게 내가 할 수 있는 일과 내가 해도 되지 않은 일이 있다. 전자는 의지만 있으면 실천 가능한 작고 사소한 일부터 그로 인해 확장될 수 있는 영역들이다. 후자는 사람을 얻고 운명의 도움을 받고 사람들 속에서 꿈을 성취하는 등의 일이다. 그러니 내 뜻대로 되기가 쉽지 않다. 좌절도 따르고 실패도 따르면서 기복이 있다. 나는 전자에 더욱 매진하여 나의 왕국에서만큼은 내가 주인인 삶을 살고 싶었다. 그리고 내 권한 밖의 일이라면 변명하거나 원망하지 말자고 나를 다독였다. 살다보면 왜 혼자서만 끌어안아야 하는 아픔이 없겠는가. 그런 순간이 가장 고독하고 고통스럽지만, 반드시 내 지식과 공부의 경험을 쓸 때가 온다는 희망을 생각하면 그렇게 극복 못 할 일은 일어나지 않았다. 나의 수행과 공부와 인내를 시험하는 일이라 여기면 대범하게 삭일 수 있을 정도의 고통이었다.

돌이켜보면 독서라는 바람에 실려온 축복은 적지 않다. 어쩌면 침묵으로 지은 집 같은 절집에서 2~30대의 격한 감정을 달래가면서 감쪽같이 넘어설 수 있었던 것도 독서의 은혜이고 힘이었다.

그리고 독서가 가져다준 상상력의 힘은 현실 속에 구현하기가 그렇게 불가능한 일은 아니라는 확신을 일깨웠다. 아인

슈타인은 '상상은 삶의 핵심이다'라고 했고, 움베르트 에코는 '해석의 한계는 상식의 한계와 일치한다'고 했다. 해석의 한계는 세상을 읽어내는 안목의 한계다. 미래 세계를 꿰뚫어보는 예지력과 직감도 마찬가지다. 그런데 그런 안목은 자신이 알고 있는 지식의 그릇 크기에 비례한다. 이처럼 독서는 내 삶의 길을 이끌어주고 나를 바로 서도록 해주었다.

나는 모든 책은 사서 본다. 간혹 절판된 책을 구할 때는 어쩔 수 없이 남의 손때가 묻은 책을 받기도 하지만, 다시 스프링 제본을 하여 내 것으로 만든 후에 읽는다. 독서에는 '삼치(三痴)'라 하여 책을 빌려달라는 사람, 빌려주는 사람, 빌려보고 돌려주는 사람을 든다. 책은 이런 세 가지 경우를 어겨도 용서받을 수 있다. 봐주는 것이다. 왜냐하면 지식은 누군가에게 한 번 들어가면 반드시 세상에 나오기 때문이다. 뇌가 훑고서 기억한 것들은 결코 작은 머릿속에서 엎드려 있으려고 하지 않는다. 지식은 세상에 흘러 들어가야 하는 숙명 같은 것이 있다. 지혜의 샘은 책을 통해 흐른다는 말이 있다. 지혜라는 샘에서 나온 물은 책이 수로를 만들고 강을 만들어 그 길을 따라 바다에 이른다. 책이 없으면 아무리 뛰어난 지혜의 샘물이라도 흘러갈 수 없다.

최첨단의 세상 속에서 오히려 개인은 갈수록 고립되고 단절되어 가는 듯하다. 우리는 어쩔 수 없이 혼자서도 행복하게 살아가는 법을 터득해야 한다. 21세기는 집단적인 차별을 넘어 개인 차별의 문제가 점점 더 심각해질 수 있다. 고대에는 토지가 세상에서 가장 중요한 자산이었다. 근대에 와서는 기계와 공장이 토지보다 중요해졌고, 정치투쟁도 이런 핵심적인 생산수단을 지배하는 데 집중했다. 당면한 미래의 세상은 데이터가 가장 중요한 자산이 된다. 많이 잘 아는 것은 어찌되었건 좋은 삶에 도움이 되는 덕목이다. 더 늦기 전에 이 힘을 기르는 것이 좋다. 독서로.

쉿! 고양이는 다 알고 있다고

우리는 언어를 통해 의사전달을 하고 상호소통을 한다. 그리고 소리로 내는 언어 외에도 몸짓이나 표정으로도 의사표현은 가능하다. 문제는 신비주의의 영역이다. 신비주의는 인간의 의식체계를 벗어난 초월적인 세계로서 인간의 언어로는 충분치 않다. 체험한 바를 말하기가 주저되는 것은 인식의 공통분모를 도출해내기가 어렵기 때문이다.

  불교 선종(禪宗)에서는 일찍이 문자로 담아내기 어려운 심오한 세계를 표현하고 전달하는 데 골몰했다. 그래서 '불립문자(不立文字)'를 제창하여 언어 문자로 닿지 못하는 세계는 언어 문자에서 벗어나 뜻을 전달하는 극단적인 방식을 사용했다. 선사들이 제자와의 문답시에 묵묵히 있거나, 할을 하거나, 방망이로 때리기도 하고, 비논리적인 답을 하는 식이다. 그런데 이런 것은 선사들뿐만 아니라 누구든지 사용하고 있다. 말을 못 알아듣는 경우, '야!' 하고 나무라거나, 등을 툭 친다거

나, 물건을 던진다거나, 쓸데없는 소리 말고 밥이나 먹자라는 등의 표현도 사실은 비논리적이고 극도로 축약된 언어 밖의 표현이다.

이런 행위들이 말보다 강렬한 느낌을 준다는 것도 우리는 잘 안다. 신비주의란 각 문화권의 영적인 세계를 관장하는 종교와 종교에 비근한 세계에서 추구하는 초월적인 방식이다. 그래서 종교마다 표현이 다르고 설명이 같지 않지만 근원에서는 일맥상통하는 이치가 있다. 예를 들면 인간의 나고 죽는 문제, 전생과 내생은 어떻게 되는지 등의 문제가 있다. 그리고 인간세계를 넘어 동식물과 자연과의 교감, 합일 등의 고차원의 세계가 있다. 동물의 경우는 인간의 언어를 사용하지 않는데도 개나 고양이의 경우에 있어서 같이 지내는데 전혀 불편하지 않는 이유는 무엇일까? 그리고 그들과 의사소통을 한다면 어떤 언어체계가 필요한 것일까? 최근 석학 유발 하라리의 책에서 읽은 내용이다.

1900년대 초 독일에 '영리한 한스'라고 불리는 말이 있었다. 한스는 독일어를 이해할 뿐만 아니라 간단한 셈을 할 줄 알았다. "4 곱하기 3은 뭐지?" 하면 발굽을 열두 번 쳤다. "20 빼기 11은?" 하면 정확하게 아홉 번 쳤다. 속임수가 아닌가 싶어 특별위원회가 꾸려졌지만 밝혀지지 않았다. 그러던 1907년 심리학자 오스카 풍스트가 비밀을 알아냈다. 한스는 질문하는 사람의 몸짓과 얼굴 표정을 관찰하여 정답을 맞혔던 것이다. 즉 내리치는 발굽 수가 정답에 가까워질수록 사람들 얼굴에 긴장이 역력해지고 정답에 이른 순간 환호성을 지른다는 것을 알았고, 그 순간 멈추면 되는 거였다. 인간의 이해력을 능가하는 동물들의 불가사의한 능력에 대한 연구는 수없이 많다. 동물들의 능력을 간단히 생각하면 안 된다. 지금부터 그와 관련한 개인적인 얘기를 해보고자 한다.

　　내가 냥이와 지내기 시작하면서 시도해보고 싶었던 것은 과연 동물과 어느 정도 교감이 가능할지에 대한 호기심도 없지 않았다. 그래서 얻게 된 중요한 실마리가 있었다. 작년 봄의 일이다. 가까운 화순에서 온천 목욕을 하고 근처 주유소가 딸린 농협마트에 들렀다가 수고양이 한 마리와 마주쳤다. 온몸에 먼지를 뒤집어쓴, 그다지 청결해보이지 않은 모습이었는데 얼굴과 목덜미에 피가 얼룩져 있었다. 자세히 보니 털이 뜯겨나가 상처 부위가 훤히 드러나 있었다. 고양이는 너무 심하게 다쳐서 그냥 놔둘 수 없었다. 우선 소시지를 큰 것으로 두 개 사서 잘게 잘라주었다. 제 몸의 상처는 아랑곳하지 않고 잘 먹었다. 나는 편의점에서 식염수와, 면봉, 면장갑 그리고 상처에 바르는 연고를 샀다. 고양이는 뜻밖에 온순했다. 식염수로 상처를 씻은 후에 물기가 마르기를 기다려 연고를 듬뿍 발라주었다. 그리고 30분 정도 기다렸다가 한 번 더 발라주고는 처소로 돌아왔다.

다음 날, 사료와 통조림 고양이 전용 연고를 들고 다시 그곳을 찾아갔다. 다행히 고양이는 건물 앞에서 놀고 있었다. 신기하게도 하루 전보다 눈에 띄게 호전되어 있었다.

그렇게 이틀에 한 번 꼴로 찾아가 서너 번 살펴주었더니 제법 나아졌다. 그러고는 마트 직원에게서 종이박스를 얻어 건물 모서리에 집을 만들어주었더니 이제는 누가 봐도 농협마트는 자신의 영역으로 인정되는 효과가 있었다. 웬 스님이 와서 고양이를 살펴주는 것이 신기했던지, 마트 직원들도 관심을 보이면서 덩달아 고양이를 애틋하게 생각하기 시작했다. 온천고양이(지금은 이렇게 부른다)는 근처 마을에 사는 고양이들과 사투가 자주 벌어지는지 상처가 아물만 하면 다치기를 반복했다. 그러던 어느 날 밤, 꿈에 온천고양이가 나타났다.

　　'잘 되게 해줄게요.'

　　고양이는 분명히 그렇게 말했다. 그 꿈을 꾸고 나니 온천을 핑계 삼아 자주 가보게 되고, 더 유심히 살피게 되었다. 그러다 또 한 번 꿈에 나타났다. 웅크리고 앉아 하염없이 나를 기다리는 모습이었다. '별일이네' 하면서도 신기한 기분이 들었다. 어느덧 낯이 익어 내가 가서 "냥~이!" 하고 부르면 어디서든 쏜살같이 뛰어나와 좋아했다. 그렇게 또 시간이 흘렀고, 또 한 번 꿈에 나타났다. 이번에는 나의 처소인 탑전에 와서 '아, 스님은 이런 곳에 사는구나' 하는 호기심 어린 표정으로 여기저기 둘러보는 광경이었다. 너무나 선명한 꿈이어서 잠시 눈을 감고 생각해봤다. 아마도 고양이의 무의식이 내 꿈으로 보여진 게 아닐까. 온천고양이는 무의식 중에 내가 누구고 어떤 곳에 사는지 궁금했던 것일까.

이 일을 계기로 무의식에 대해 생각해볼 수 있었다. 온천고양이는 자신도 모르는 아주 깊은 무의식 속에, 상처를 치료해주고 사료를 주는 내가 누구인지 궁금하고 따라가고 싶은 생각이 잠재되어 있을 것이다. 매번 온천고양이를 보면서 느끼는 게 '너 같이 가서 나랑 살래?' 하면 따라오고도 남을 기세다. 이제는 자주 가지 못하지만, 한 달에 두 번은 무슨 일이 있어도 가보려고 한다. 지금은 꿈에 나타나지 않지만 교감은 더욱 깊어지는 듯하다. 예를 들면 내가 마트 쪽으로 출발하면서 '냥이, 스님 가니까 어디 가지 마' 하고는 가는 내내 염력을 보낸다. 그러면 온천고양이는 꼭 그 자리에서 기다리고 있었다. 그러면 나는 통조림과 사료를 주고 털을 빗겨주고 귓속을 닦아주고 온다.

생각해보니 서울에 주지하고 살 때 절에 한 번씩 머물다 가는 D 스님이 있었다. 10년도 더 전의 일인데, 밤이면 고양이들이 나타나 울어대는 통에 여간 시끄럽지가 않았다. 낮에 대중이 모여 차를 마시면서 간밤의 고양이가 화제에 올랐다. 뭔가 조치를 취해야 하지 않겠냐는 얘기들이었다. 그런데 그 스님이 뜻밖의 말을 했다.

"고양이들이 일주일만 시간을 달래요. 다른 곳으로 가겠대요."

나는 영문을 몰라 눈을 크게 떴는데, 다른 대중들은 익히 알고 있다는 듯이 웃었다. 사연인즉 이 스님은 고양이와 대화를 할 수 있다는 것이었다. 내가 흥미를 느껴 배울 수 있냐고 물었더니 싱겁게 한마디하고 입을 닫았다.

"그건 배운다고 되는 게 아닙니다."

고양이들은 스님 말대로 정확히 일주일이 지나자 다시는 나타나지 않았다.

또 한 분의 이야기를 소개하면 이렇다. K시에 사는 이 스님은 좀 신통한 면이 있어서, 영적인 세계에 대해 이런저런 실마리를 얻어 듣고 있는 분이다. 내가 냥이 책을 내고 나서 얼마 지나지 않았을 때였다. 스님에게 읍내에 사는 분이 새끼고양이 두 마리를 길러보라며 가져왔었던가 보다. 고양이가 온 뒤 스님은 갑자기 몸이 많이 아팠다. 그리고 한 이틀 지났을까, 깜박 조는데 어미 고양이가 스님 꿈에 나타나서 하는 말이 '내 새끼들이 보고 싶어 많이 아파요. 새끼들을 돌려주세요' 했다는 것이다. 다음날 스님은 새끼고양이를 돌려보냈다. 그러고 나니 몸도 원래대로 회복되었는데, 그때 영적으로 들리는 어미 고양이의 말이 '돌려줘서 감사하다'고 인사를 하더라는 것이었다. 이 이야기를 전해 주면서 스님은 나에게 당부하기를, '탑전 냥이는 말을 다 알아들으니 어디 멀리 갈 때는 다녀올 테니 기다리지 말고 잘 놀고 있으라는 말을 꼭 하고 가라'고 했다.

어디 반려동물뿐이겠는가. 우리의 의식이 확장되고 나면 사람은 물론, 집에서 쓰는 일상의 집기들부터 모든 것이 나와 마음이 연결되어 있으며 내가 얼마나 공경과 진심을 보내느냐에 따라 반응한다는 사실이다. 이 말은 명심해도 좋다. 매사 모든 것을 찬찬하게 다루고 소홀히 않는다면 긍정적인 에너지가 항상 나를 지켜줄 것이다.

간소함

없지만 있고,
있지만 없는 것

나로부터 시작하는 즐거움

여름 석 달의 안거(安居)가 끝났다.

선원과 율원, 강원에서 정진하던 스님들이 적게는 한 달, 많게는 석 달간의 비시즌에 들어간다. 방학과 같은 개념인데, 수행자는 쉬는 기간이라도 수행을 떠나서는 존재할 수 없기 때문에 두루두루 세상을 보고 다니면서 중생교화의 공부를 삼는 거라 만행(萬行)이라고 한다. 이렇게 여름 한 철이 가고 평온하게 가을을 맞을 거라 생각하던 차제에 난데없이 폭우가 쏟아졌다. 이게 무슨 일인가 할 정도로 뜻밖의 비를 이틀이나 바라봐야 했다. 바람은 숲을 쥐어짜듯이 요란했고, 쭉-쭉 내리그으며 하늘에서 쏟아지는 빗줄기는 야구로 치면 돌직구 같은 느낌이었다. 여름의 절정을 지나면서 뜰 앞 파초 잎은 시들하여 밑기둥 가장자리부터 누렇게 변색되어 갈 즈음이었다. 폭우는 여지없이 파초 잎을 죄다 찢어 놓았다.

좀처럼 밖을 나가지 않고 창고의 박스나 비가 들이치지 않는 처마 밑에서 근심스레 빗줄기를 응시하며 하루를 보내는 냥이에게도 비는 그다지 반가워 보이지 않는다. 도대체 저 녀석은 언제 화장실을 가는 거야, 하는 궁금증이 일 정도로 잘 참아내는 냥이도 비가 잦아들면, 화단의 부드러운 흙이건 비가 만들어낸 고운 모래더미건 두 발로 파헤쳐 홈을 만들어 볼일을 봐야 한다. 나는 저녁을 먹고 냥이와 같이 놀아주기도 할 겸 마루에 앉아 비가 잦아든 마당과 그 건너 숲을 바라보며 앉아 있었다. 산중의 해질녘은 잔잔한 자장가처럼 스르르 잠에 빠져들듯이 시간이 소멸되어가는 느낌을 준다.

이런저런 상념에 잠겨 있는데 냥이가 마당에 내려섰다. 참을 만큼 참았는지 볼 일에 나선 모양이다. 흠뻑 물을 머금은 파란 잔디밭은 내딛는 순간 쑥 빠져 앞발이 젖고 말 것이다. 냥이는 돌계단을 내려서서 앞발을 조심스레 번갈아가며 몇 번이고 들었다 놨다 잔디밭을 탐색하더니 용감하게 발을 내딛었다. 그 순간 뱀이라도 밟았나 싶을 정도로 허공에 발을 들어 몇 번이고 물기를 털어내는 것이었다. 그러고는 그 자리에 멈춰 서서 연신 나를 올려다봤다.

"우리 냥이는 자기 몸을 금덩이로 아나 봐!"

마지못한 척 나는 자리를 털고 일어나 한 손에 우산을 들고 다른 한 손으로 냥이의 배에 손을 넣어 받쳐 들듯이 허리에 붙이고는 탑전 입구 댓돌에 내려놓았다. 탑전 입구에 들어서면 구산선문(九山禪門)이라는 건물이 있다. 한 면의 길이가 10m 정도 되는 정사각형의 사방이 다 트인 문간채다. 가운데는 두 사람이 팔을 마주 안아야 할 만큼 굵은 기둥이 있고, 기둥 하단에는 사람이 허리를 굽히면서 통과할 수 있는 홈이 만들어져 있다. 선사스님의 사리탑을 모시는 곳이니 추념의 마음을 갖도록 하는 하심(下心)의 의미가 있다. 바닥은 황토와 석회를 섞어 다졌기 때문에 하얗고 반들반들하다. 밖에서 돌아오는 나의 자동차 소리가 나면 냥이는 담장을 타고 뛰어나와 이곳에서 기다린다. 그리고 일없이 오가는 사람들을 바라보며 시간을 보내는 장소이기도 하다.

나도 그렇지만 바깥보다 집을 더 좋아하는 사람들이 있다. 이유는 무엇일까. 말할 필요도 없이 편안하기 때문이다. 자기 집이라면 남 의식할 필요 없이 잠옷 바람으로 눕고 앉고 노래를 흥얼거려도 흉이 되지 않는다. '편안할 안(安)'이 들어간 글자는 마음의 안정과 평화, 즐거움, 신뢰까지 아우른다. 그 다음에 '즐거울 락(樂)'으로 이어진다. 또 좋아한다는 뜻도 있다. 뭘 좋아하느냐의 방향성이 즐거움을 좌우한다. 스님들의 수행 기간을 안거라고 한 이유가 있을 것이다. 편안하게 지내야 하는 기간이다. 그것은 공동체라서 나와 남이 동시에 가꿔야 하는 마음의 정원과 같다. 누구는 일하고 누구는 놀아서도 안 되고, 누구를 위한 즐거움이 되거나, 누구를 위한 희생이 아니라 함께 가꾸고 함께 누려야 하는 절대공평의 세계이고 시간이어야 한다. 가정도 관계도 이런 마음으로 일궈야 하지 않을까?

원래 안거는 인도의 기후와 관련이 있다. 날씨가 제도를 만든 셈이다. 안거의 산스크리트어는 바르시카(varsika)이며 바르사는 '비'를 말한다. 보통 6월에서 8월까지 3개월 정도 기간의 인도 기후가 몬순(monsoon)이다. 몬순은 '계절'이라는 뜻의 아라비아어 'mausim'이 어원이다. 이는 열대지방과 아열대지방에서 나타나는 바람의 계절 변화를 뜻한다. 또 여름의 계절풍을 초래하는 우기, 우기에 내리는 비 그 자체를 의미하기도 한다. 원래 아라비아 반도로부터 인도까지 그리고 그 반대로 항해하는 뱃사람들이 사용했던 이 용어는 지금은 두 주요 열대 계절에 적용되어 쓰이고 있다. 몬순과 관련하여 'monsooned coffee'도 있다. 인도에서 수확한 커피를 유럽으로 수출하기 위해 선박으로 운송하는 중에 자루 속 커피들이 항구에서 자연적인 해풍으로 인해 장시간 바람을 맞으면서 독특한 맛과 향을 가진 커피로 탄생되었다. 지금도 그 맛을 잊지 못해 일부러 몬순 기후의 해풍에 노출시켜 커피를 만든다. 맛은 흙냄새와 곰팡이 핀 냄새가 나고, 캐러멜의 단맛과 구수한 맛이 느껴진다고 한다.

하루 24시간 함께 공동생활을 하던 대중이 떠나고 나면 시간으로부터의 자유도 그렇지만 사람이 비워진 그 해방감이 무엇보다 좋다. 젊어서 선방에 다닐 때는 그 해방감이 좋아서 일부러 며칠 빈 선방에 뒹굴며 놀다가 산문을 나서기도 했다. 경전에서는 자신이 가진 것보다 남이 가진 것에 관심이 많은 것을 남의 집 보물 창고의 보물을 세는 것이라고 한다. 각자 자신의 삶을 잘 살아가기 위해서는 나로부터 시작하는 즐거움과 행복, 알뜰살뜰한 시간 보내기의 안목을 터득하는 것이 필요하다. 나 혼자만의 시간 보내기! 이건 이기적인 것도 아니고 편협한 것도 아니다. 압박해오는 죽음이라는 정해진 시간을 살아가야 하는 절박한 문제다.

내가 권하고 싶은 한 가지는 차 마시기이다. 선종사찰에서는 '차 한 잔 마시라!'는 것이 큰 법문이다. 이 말은 중국 당대의 선의 거장이자 '고불(古佛)'이라고 칭할 만큼 법력이 높았던 조주 스님에게서 나왔다. 조주 스님이 선문답을 하는 중에 상대의 질문을 아랑곳하지 않고 싱겁게 '끽다거(喫茶去)' 했던 것에서 유래한다.

그 옛날에 무슨 기호품이 있었겠는가. 그나마 차라도 한 잔 마신다고 다실 주변에 서성대는 순간의 호사가 좋고, 고단한 참선 수행의 여가에 숨통이 트여 좀 살 것 같은 기분이 드는 그런 시간이었을 것이다. 그래서 선문답의 끽다거는 고단한 선승들의 마을을 위무하는 스승의 따뜻한 마음으로 유쾌하게 보아야 한다. 초코파이만 '情'이 아니다. 그래서인지 당시에 식사 대접에는 몰라도 차 접대에는 고맙다는 사례를 했다고 전해진다. 우린 기뻐도 차를 마시고 슬퍼도 차를 마셔야 한다. 신분이 높아도 마시고 낮아도 마시는 것이 차다. 이 법문은 정해진 값이 없어서 죽음을 마주하고서도 '차 한 잔' 할 수 있다.

하던 일, 해야 할 일, 그 어떤 일이라도 잠깐 미루고 차 한 잔을 마주해보자. 차는 식사와 다르다. 식사는 건너뛸 수 없는 절대적인 일이지만 차는 일부러 찾지 않으면 마시지 못한다. 차를 마시고 마시지 못 하고의 차이는 삶의 여유다.

차의 세계에 일기일회(一期一會)란 말이 있다. 일생에 단한 번 만나는 인연이란 뜻이다. 차를 함께 마시는 자리를 귀하게 생각하라는 것이다. 오늘의 만남이 다시 없다는 것을 생각하면 결코 소홀히 할 수 없기 때문이다.

그 다음에 화경청적(和敬淸寂)이 있다. 화목하고 공경하며 맑고 고요하게 차를 대하는 것이다. 이것은 도요토미 히데요시 시기에 살았던 '리큐'라는 다인이 완성한 철학이다. 원래는 근경청적(謹敬淸寂)이었는데 앞 글자를 바꿨다.

단순하고 소박한 삶을 추구한다면 '차 한 잔'의 미학을 실천해보면 좋겠다. 요즘은 어딜 가나 커피가 대세이지만 잎차의 묘미는 또 다르다. 남도의 땅 끝 초암에서 다도를 실천한 초의 선사의 말씀이 떠오른다.

만들 때 정성을 다하고 저장할 때 건조하게 하며
마실 때 청결하게 하면 다도는 완성된다
精燥潔 茶道盡矣

한 잔의 차와 행복한 웃음을 누군가와 함께 한다면 힐링을 선물하는 것이다. 삶은 이렇게 완성되어 간다.

불일암 간장국수

지금의 나에겐 찾아오는 사람이 거의 없다. 서울에서 내려오면서 누가 찾기 전에 내가 먼저 찾아 나서지 않겠다는 마음으로 지내는 중이어서다. 사람 사이는 계속 이어져야 하고, 좋아야만 한다는 무의식이 이런저런 번뇌와 괴로움을 불러온다. 종종 듣게 되는 '관계 다이어트'라는 말은 현대인이 관계 때문에 겪는 심리적인 문제가 크다는 것을 실감케 한다. 관계에 대해서는 좀더 단순해질 필요가 있다. 나와 생각이 비슷하고 같은 쪽을 바라보고 있는 몇 사람이면 충분하다. 이 자세라면 자연스럽게 보내주고 받아줄 수 있을 것이다.

찾아오는 사람이 거의 없는 요즘, 일상은 단출해졌지만 시간은 더 촘촘해진 듯하다. 오전에 두 시간 산행하고 나면 나머지는 책 보고 차 마시고, 냥이를 탐구하듯 바라보는 것이 하루 일과의 대부분이다. 책을 보거나 글을 쓰고 있으면 냥이가 들어온다. 여름에는 문을 항상 열어놓기 때문에 냥이가 들어오는지 모를 때가 많다. 냥이는 차 탁자 옆에 세워진 1m 높이의 사방탁자 세 번째 칸에 들어가 잠을 잔다. 공간이 넓지는 않아 다리 한쪽이 허공에 매달린 듯 밖으로 나와 있는데, 분홍빛 젤리 다섯 알이 박힌 듯한 발바닥이 드러나 보이기도 한다. 냥이는 한 자세로 오래 있지 않는다. 자는 중에도 몸을 이리저리 비틀다가 난데없이 그루밍에 열중한다. 별 탈 없는 심심한 일상이지만, 간혹 이 평화를 깨뜨리는 일들이 일어난다.

지난겨울 냥이와의 이야기를 담은 책이 나오고 사람들
의 관심을 끌어 언론과 방송에 여러 번 소개되었다. 한 방송사
에서 암자기행 프로그램을 만들면서 나와 냥이를 담겠다는,
봄부터 미뤄뒀던 숙제가 있어 응해야 했다. 방송은 법정 스님
계시던 불임암을 포함하여 구성하는 것으로 얘기가 되고, 불일
암에서 살고 있는 덕조 스님도 흔쾌히 응하여 날짜가 잡혔다.

　　첫날은 이른 아침과 늦은 오후 두 차례에 걸쳐 찍었다.
전에도 그랬지만 냥이가 카메라를 피하지 않고 잘 움직여줘
서 수월하게 진행되었다. 방송에서 냥이는 사람보다 더 열심
히 자기관리를 하는 고양이 수행자로 소개되었다. 깨어있는 시
간의 3분의 1을 그루밍, 제 몸 단장하는 데 쓴다거나, 피곤하
면 움직임을 절대 자제하는 등, 제 몸과 주변의 속도에 어긋나
지 않게 살아가는 냥이의 단조로운 생활이 부각되었다. 우리
몸도 깨끗이 하고 컨디션을 잘 유지해주면 행복감을 느끼지 않
은가. 과식이나 과로 같은 몸에 대한 해로운 자극도 그렇지만,
스스로를 해치는 감정을 애써 불러일으키기도 한다. 알면서도
못하는 게 진짜 무지라면, 어쩌면 수행의 기본은 아는 것을 행
하는 데 있지 싶다.

　　이튿날은 불일암에 가서 국수공양을 하는 장면을 찍기
로 했다. 불일암에 들어서자 덕조 스님이 텃밭에서 채소를 따
고 있었다. 불일암은 옛날 법정 스님 계셨던 위채와 아래채, 그

옆에 대숲을 등진 화장실이 자리해 있다. 아래채의 마당이 텃밭이다. 가을에는 배추나 무가 김장을 할 만큼 튼실하게 잘 자란다. 여름인 지금은 상추, 고추, 방울토마토, 감자, 가지 등이 이랑을 보기 좋게 메우고 있었다. 밭이랑의 개수와 모양은 법정 스님 계실 때와 달라진 것이 없고, 작물도 거의 그대로지 싶었다.

우리는 이런저런 인사말을 나누고 부엌이 달린 아래채로 향했다. 덕조 스님은 반소매에 긴 앞치마를 두르고 요리를 시작했다. 부엌은 싱크대에 수납장, 냉장고 그리고 폭 30cm에 길이 1m나 될까 싶은 식탁과 등받이 없는 나무의자가 넷 들어 있는 작은 공간이다. 씽크대에는 씻어놓은 상추와 고추, 흰 국수다발이 비스듬이 놓여 있었다. 이윽고 물이 끓는 소리와 함께 스테인리스 통에서 하얀 김이 솟아올랐다. 내가 선물로 구해 가져간 울외 장아찌를 스님이 썰기 시작하는데 밖에서도 들릴 만큼 소리가 경쾌했다.

"장아찌가 싱싱하고 좋네요, 여름에 귀한 것이라."

요리하는 사람은 칼질을 해보면 재료의 신선함을 알 것이다. 공양 식구는 셋이다. 나와 덕조 스님이 마주앉고, 탁자 모서리에 함께 살고 있는 스님이 앉았다. 흰 사발에 삶은 흰 국수, 송송 썬 고추와 상추 그리고 한가운데 방울토마토 한 알이 얹어져 나왔다. 방울토마토의 붉은색은 차가운 국수와 푸른 채소에 생기를 불어넣었다. 식탁 위는 갓김치와 양념장, 장아찌까지 세 개의 찬그릇이 국수 사발들 틈에 끼어 있어, 마치 큰 행성들 사이에 낀 별처럼 옹기종기 모여 더는 무엇을 놓을 공간이 없었다.

"음식 좋은 것이 그릇 좋은 것을 넘기 어렵다는데 오늘 공양의 모든 것이 좋아요. 감사합니다."

"오늘 메뉴는 불일암 간장국수입니다. 맛있게 드세요."

내 말에 이어서 덕조 스님이 음식을 소개하고는, 국수 사발에 한 스푼씩 간장 소스를 떠 넣기 시작했다. 노란 참깨가 듬뿍 담긴 간장 소스는 몇 번을 떠도 간장 색이 드러나지 않았다. 맛을 보기 전에는 소금을 치지 말라는 말이 있는데, 짜지 않을까 걱정이 될 정도로 흰 국수에 간장이 거무스름하게 스며들었다. 그런데도 스님은 싱거우면 소스를 더 넣으세요, 했다. 국수는 은근히 양이 많았다. 소스가 고루 배도록 자장면처럼 면을 이리저리 굴리고는 됐다 싶어 드디어 국수를 한 젓가락 들어 올려 입에 머금었다. 볼이 불룩해질 만큼 머금어진 국수를 오물거리자 특유의 밀가루 맛과 시큼하면서도 짭조름한 맛이 입안 가득 퍼졌다.

"와, 전혀 짜지 않네요. 음, 국수 특유의 밀가루 맛에 상추의 싱싱한 맛도 그렇지만 이 풋고추의 맵지 않는 식감이 정말 좋아요."

물기 하나 없이 실타래처럼 엉겨붙은 국수 사이로 밴 간장 맛이 전부인 이 국수는 정말 맛이 기묘했다. 간장 소스가 짜지 않는 이유는 매실 엑기스 때문이라고 했다. 매실의 달고 신맛이 오래된 장독에서 깊어진 간장의 짠맛과 어떤 조화를 이루는 것이 분명했다. 음식 다큐에서 하는 말로 산미가 음식을 빛나게 해준다고 하던데, 숙성된 매실의 신맛이 국수의 맛을 더 돋구어냈을지도 모른다. 국물 없이 국수 한 사발을 먹고 나니 목이 조금 말랐다. 보이차를 미리 우려서 냉장고에 넣어놓은 물병이 나왔다. 차가운 보이차는 묵직하고 거친 쓴맛이었지만 차츰 혀끝에 단맛이 돌았다.

정오 무렵에는 모두 촬영과 공양이 마무리가 되어 끝이 났다. 덕조 스님께 감사 인사를 하고 불일암을 나와 대숲의 갈라지는 지점에서 방송국 사람들과도 떨어졌다. 나는 이틀 동안 산행을 못한 상태여서 이왕 올라온 김에 산을 돌고 가겠다고 작별을 하고 방향을 돌렸다. 그동안 숲은 더 덥고 습해져 있었다. 땀이 얼굴이며 등줄기를 타고 흘러내렸지만 기분은 상쾌했다. 숲길을 걸으면서도 머릿속은 불일암의 부엌이 생생하게 그려졌다. 불일암을 잠깐씩 지나치기는 했지만 이렇게 오래 부엌에 머물러보기는 처음이기도 했고, 그 작은 공간에서 행복하게 한 끼를 마친 여운이 쉽게 가시지 않았다.

생각해보면 내 유년의 기억 속에 자리한 가장 잊지 못하는 인생 국수는 '사카린 국수'다. 내가 자란 남도 땅끝에서는 우물에서 길어 올린 시원한 물에 사카린을 녹여 혀끝이 아릴 정도로 달달하게 하여 국수를 먹었다. 출가해보니 같은 남도 인데도 송광사에서는 표고버섯과 다시마로 우려낸 따뜻한 국물에 고명을 얹어 먹었다. 문화적 충격까지는 아니라도 고명을 올린 뜨거운 국수는 이상했다. 밀가루는 성질이 차갑기 때문에 달고, 따뜻하게 먹어야 속도 편하고 소화도 잘 된다. 그래서 사카린을 넣은 달큰한 국수는 양껏 먹어도 체한다는 느낌이 없었다. 꼭 한 번 다시 먹어보고 싶은 사카린 국수. 나의 뇌는 내 인생에 가장 잊지 못할 국수로 기억한다.

최근에 도쿄 일반 가정집의 협소한 부엌에서 요리를 해서 먹고 살아가는, '맛있는 이야기가 익어가는'이라는 부제가 붙은 《도쿄의 부엌》을 읽었다. 역시 음식이야기는 삶의 시작과 끝일만큼 다양하고 사연도 깊다. 자기만이 기억하고 깊이 침잠할 수 있는 정감이야말로 음식이 주는 축복이다. 세상에 태어나는 아기가 처음 엄마를 만날 때도 사실은 음식으로서 만나는 것이다. 아기에게는 엄마가 음식 그 자체다. 젖을 주고 생명을 주는 것이니까! 한 생명의 탄생은 다른 삶이 당신을 통해 나온 것이다. 당신과 함께하기 위해. 그러니 소중하고 값지게 여겨야 한다. 음식은 여성에게 본능적인 것이어서 별 살갑지 않은 관계라도 상대가 뭘 좋아하는지, 음식을 어떻게 먹는지 기억한다. 여성의 생활력이 강한 이유가 다른 게 아니다. 음식을 직접 조리해서 살아갈 수 있기 때문이다.

이 책에 실린 이야기 중에 기억되는 건 '있는 데 없다, 없는 데 있다'라는 말이다. 주방이니까 주방에 관한 것은 모두 있을 것 같은데 공간이 좁으니 구비하는 데는 한계가 있다. 반대로 이 좁은 공간에 뭐가 있겠어? 하겠지만 의외로 있을 건 다 있는 것이다. 영국 BBC 방송의 스타셰프인 켄 홈은 이런 말을 했다.

"작은 주방의 장점은 물건들이 바로 손을 뻗으면 닿을 수 있는 곳에 있어요. 여기저기 뛰어다닐 필요가 없죠. 하지만 필요 없는 물건들을 쌓아두면 안 됩니다."

요리의 순발력, 그리고 음식 자체에 집중할 수 있는 분위기가 가정에서 만드는 요리의 묘미다. 그렇다고 주방기구를 작은 공간에 많이 끌어들이면 청결하지 못하다는 인상을 줄 것이다. 이 적정선이 아주 절묘해 보인다. 냄비나 그릇은 크기별로 포개고, 국자나 체는 줄지어 걸어야 하고, 칼 종류는 위험하지 않게 서랍에 넣고, 양념류는 공기가 잘 통하는 위쪽에 넣어둔다. 복잡하지만 산만하지 않은, 도구는 몇 가지 안 보이지만 요리하는 데 부족함이 없는 실용적인 주방이다.

간소하고 단순한 삶에서는 마음 자세가 중요하다. 음식도 꼭 이러이러한 것이 있어야 한다는 생각은 좀 내려놓고, 시장이 반찬이지, 입에 맞는 것이 가장 진귀한 음식이지, 생각해 보라. 그것만으로도 몸과 마음이 무한히 행복해진다. 이런저런 생각을 하면서 걷다보니 더위도 잊고 어느 사이에 탑전에 다다랐다. 냥이는 그늘에서 눈을 가늘게 뜨고 쳐다만 볼뿐 움직이려 하지 않는다. 그런 냥이를 보며 가볍게 쓰다듬고는 한마디 했다.

"근데, 냥이는 뭐가 제일 먹고 싶을까."

공평하면 우정이 생긴다

큰절에서 감자 캐는 운력을 했나 보다. 자주 들르는 D스님이 운력 후에 바로 찐 것이라며 감자 몇 알을 싸왔다. 비닐봉지에 담겨진 감자는 따끈한 열기가 남아 있었고 금세 향긋한 냄새가 방안에 퍼졌다. 여덟 알이었다. 접시에 옮겨 담고는 따끈한 우롱차를 우려내어 맛을 보았다. 밭에서 막 캐내서인지 아주 신선하고 맛있었다. 우리는 이런저런 얘기꽃을 피우면서 각자 세 알씩 먹고, 두 알은 냉장고에 넣어두고는 저녁에 또 먹어야지 하면서 혼자 웃었다.

생각해보니 올해 감자를 먹어보는 것이 처음이었다. 내가 호기롭게 로빈슨 크루소처럼 살아본다고 하면서 음식에 대한 유혹에 이끌리지 않기 위해 최대한 절제하며 지내고 있긴 하지만 맛있는 것은 역시 맛있었다. 사물을 인식하고 반응하는 원리에는 마음이 알고 있는 것도 있지만 몸이 기억하는 것도 있다. 그리고 몸으로 기억하는 일들은 몸이 본능적으로 자가발전을 한다. 예를 들어 마음엔 감자를 전혀 떠올리지 않았는데 막상 따끈한 감자를 대하고 보니 몸과 마음이 더할 나위 없이 행복해졌다. 말이 혼밥이지 맛있는 음식을 함께 먹는 즐거움에 비할 바 있겠는가.

내가 일찍 출가한 몸이어서 가족이나 세상의 인연을 잘 몰라서인지 그다지 사람에 대한 그리움은 느끼지 못하고 살아왔다. 그런데 어쩌다 먹게 되는 음식이 노모님이 해주시던 것과 비슷한 모양이나 맛이면 왈칵 집 생각이 나곤 했다. 특히 팥칼국수에 설탕을 한 숟가락 뿌려서 먹을 때가 가장 그랬다. 남도에서 다시 생활하면서 재발견하는 것 중에 하나가 음식문화다. 이곳에서는 설탕을 많이 쓴다. 서울에서는 팥칼국수를 먹으면 설탕을 달라고 해야 얻을 수 있지만 남도는 수저통 옆에 아예 소금과 설탕통이 놓여 있다. 이럴 때면 내가 남도에 살고 있다는 것을 실감하면서 참, 좋아! 고개를 연신 끄덕이며 행복하게 한 그릇을 먹는다. 장마철이라 입이 궁금하던 차에 감자를 먹고 나니 저절로 음식생각이 이어졌다. (비오는 날은 누구에게나 군것질 할 권리가 있잖은가.)

'공평하면 우정이 생긴다.'

내가 좋아하고 또 어디에 가서 말할 기회가 있으면 자주 인용하는 그리스 격언이다. 굳이 신분상의 차별이 아니라도 최소한 먹는 것 앞에서는 차별하거나 눈치 주지 말라는 뜻으로 알면 된다. 먹는 것 앞에서의 소외는 은근히 기억이 오래간다. 나만 빼놓고 간다거나, 나 없을 때 자기들끼리만 해치우고 난 뒤의 부스러기를 볼 때의 기분! 생각해보니 어렸을 때 콩을 먹을 때마다 정확히 두 쪽으로 되어 있다는 것이 항상 신기했다. 다른 모든 낱알이나 과일은 그렇지 않은데 콩만 그랬다. 그래서 하루는 노모님께 여쭸다.

"어머니, 왜 콩은 꼭 반으로 되어 있어요?"

"음, 사이좋게 나눠 먹으라고 그렇게 된 것이지. 그러니까 너희들도 형제간에 우애 있게 살아야 한다."

잠시의 망설임도 없이 노모님이 해주셨던 말씀을 난 지금도 생생히 기억하고 있다.

우리에게 필요한 사회성은 그렇게 대단한 게 아니다. 같이 살아가거나 익히 아는 사이라면 함께 먹고 인사를 나눠야 한다는 사실이다. 만약 처음 알게 되는 사이라도 이 두 가지를 유념한다면 쉽게 친해지고 상대의 마음을 얻을 수 있다.

'먹으면 힘이 난다.'

일본의 드라마나 영화, 책 할 것 없이 참 많이 나오는 말이다. 근대 일본영화의 3대 거장 중의 한 사람으로 인정받는 오즈 야스지로의 영화를 보면 이 말을 실감할 수 있다. 그의 영화들은 2차 대전 패망 후의 암울한 시대상과 더불어 가족이 모여 밥을 먹고 차를 마시는 등의 소소한 이야기를 중심으로 하여 내용을 전개해나간다. 함께 먹는 것, 가족 간의 이 연대의 힘이 사회와 국가적인 힘으로 승화되는 것이다. 그들의 생활철학인지는 몰라도 나는 이 말의 살갑고 따뜻한 느낌이 좋다. 왠지 누군가의 열띤 응원을 받는 기분이다. 여성은 사랑하는 사람이 생기면 음식을 장만해주고 싶은 마음이 든다고 하던가. 딸아이가 남자친구 줄 거라며 온 부엌을 헤집고 뭔가를 만들어 나가면서 정작 엄마에게는 먹어보란 말도 안 해 서운하다는 한 신도의 말이 도리어 유쾌하게 들렸다. 그래서 내가 '그게 사랑이랍니다' 했다.

지금 나에게는 냥이가 유일한 식구라면 식구이지만 먹는 것을 함께 할 수는 없다. 내가 냥이의 사료를 먹을 수도 없고 냥이가 김치나 김을 먹을 수 없으니 우리는 한 지붕 밑에 살지만 엄밀하게 한 식구는 되지 못한다. 냥이도 가끔 문 밖에서 혼자 공양하는 나를 바라보기도 하지만, 나 또한 적어도 하루 한 번이라도 냥이가 꺼끌꺼끌한 물기 없는 알갱이 사료를 먹는 시간이면 되도록 옆에 쪼그리고 앉아 다 먹을 때까지 지켜봐 주려고 한다. 많이 먹어, 천천히! 하면서.

탑전으로 내려와 지내면서도 도시생활에 대한 미련은 딱히 없었다. 다만 땀 흘리며 산행을 마치고 나서 신발을 벗지도 않은 채 마루에 걸터앉아 있을 잠깐의 시간에 떠오르는 아이스 아메리카노의 청량감이라니! 그럴 땐 눈을 질끈 감고 자리를 털고 일어나 '없는 것을 찾는 것은 어리석은 일이지' 하며 내가 나의 가슴을 가만가만 쓰다듬어 준다.

천 송이 장미와 한 송이 장미의 값

세상의 모든 일에는 간극이 있다. 선과 악이 있고 득실이 있으며 심리적으로는 희로애락이 있다. 선과 악은 윤리적 정의를 구현하기 위한 가치판단의 문제가 된다. 그리고 득실은 실제적인 문제로서 모든 일의 양면에는 득실이 반드시 따른다. 절대적인 득과 실이 아니라 득과 실 속에 득함으로써 잃게 되는 실이 있고, 실이라 하지만 내려놓음으로써 도리어 얻게 되는 득이 있다. 노자는 이런 안목을 미명(微明)이라 했다. 눈에 보이지 않는 미세한 움직임을 밝혀서 볼 수 있는 눈이다. 삶을 간명하게 보려면 자신을 아는 것이 중요하다. 누구에게나 자신이 스스로에게 가장 심한 아첨꾼이라고 했다. 스스로 타협하고 적당히 합리화하는 자세로는 세상을 현명하게 살아가기 어렵다. 노자의 《도덕경》에는 이런 내용이 있다.

남을 아는 사람은 지혜롭고
스스로를 아는 사람은 밝다.
남을 이기는 사람은 힘이 있고
스스로를 이기는 사람은 강하다.
족함을 아는 사람은 부유하고
힘써 행하는 사람은 뜻을 가진 것이다.
제자리를 잃지 않는 사람은 오래가고
죽어서도 잊히지 않는 사람은 오래 사는 것이다.

知人者智也　　自知者明也

勝人者有力也　　自勝者强也

知足者富也　　强行者有志也

不失其所者久也　　死不忘者壽也

명은 마음을 밝혀 아는 것이다. 동양의 모든 학문과 수양에는 이 한 글자가 빠지지 않는다. 존재의 근원을 마음이라 했을 때, 그 마음을 밝히는 것이 마음을 제대로 쓰는 시작이다.

또 선종에서는 '참선의 목적은 마음을 밝혀 성품을 깨닫는데[明心見性] 있다'라고 한다. 지혜가 이성적인 판단과 지식 축적의 산물이라면, 밝음은 통찰이라는 차이가 있다. 힘은 억지로 이겨내려는 노력이지만 강함은 약함이 없는 경지다. 진짜 부자는 부족함을 모르는 사람이고 굳건한 뜻이 있으면 줄기차게 살아갈 수 있다. 인간의 길을 좇지 않고 하늘의 길을 따르는 사람이 제자리를 지키는 사람이다. 인간의 탐욕이라는 길 위에 놓인 기차는 위험하니까, 그 탐욕 너머의 청정한 길을 찾아야 오래갈 수 있다. 그리고 명예로운 삶을 산 사람은 오래도록 기억되기 때문에 장구한 생명을 얻는다. 진정한 윤회는 몸의 환생이 아니라 나의 삶과 사상이 뒷사람에게 거울이 되어 되살아나는 데 있다. 《여씨춘추》에는 이런 이야기가 있다.

초나라 사람 중에 활을 잃은 사람이 있었다. 그는 활을 다시 찾으려 하지 않고 말하기를 "초나라 사람이 잃고 초나라 사람이 주웠으면 됐지, 무엇 때문에 이를 다시 찾겠는가?"라고 했다. 공자는 이 이야기를 듣고 "그의 말에서 초나라라는 말을 빼버리면 훌륭하겠다"고 했고, 노자는 이 이야기를 듣고 "그의 말에서 사람이라는 말을 빼버리면 훌륭하겠다"고 했다.

이것은 무엇을 말하는가. 어차피 누군가 얻어갈 것이면 그 사람이 속한 나라를 특정하지 말고 내버려두면 좋지 않겠냐는 것이 공자의 말이다. 노자는 더 나아가 아예 활을 더 이상 상관하지 않을 거면 사람 자체도 잊어버려야 하지 않겠냐고 했다. 이렇게 삶을 보는 안목은 표현도 다르고 방식도 다르다. 나는 30대에 《여씨춘추》를 너무나 좋아해서 거의 매일 조금씩이라도 항상 읽었고, 좋은 내용이 있으면 옮겨 적곤 했는데 그 노트가 지금도 있다.

우리는 자신의 욕망 앞에 솔직해질 필요가 있다. 남을 이해하려 해도 그 사람이 열망하는 바를 알아야 하듯이 나를 아는 길도 나의 열망하는 바, 나의 갈구하는 것이 무엇인지 생각해보아야 한다. 그 다음엔 삶의 방향을 정해야 하고, 정했으면 일단 불꽃이 일도록 달려봐야 한다.

요즘 유행하는 미니멀리즘(Minimalism)은 단순 간명한 삶의 여백을 보라는 것이지 채워야 하는 결핍의 남아 있는 공간에 열중하라는 뜻이 아니다.

목표는 탐욕이 아니라 삶의 가치다. 다시 말해 이 단순함은 있는 모든 것을 융해해버린 다음에 만나는 세계다. 우리는 어떤 순간에 천 송이의 장미에 감격하기도 하지만 때론 한 송이 장미에 더 녹아날 수도 있다. 불교식으로 설명하면 많고 적음은 다(多)와 일(一)의 세계로 집약된다. 이 둘은 상호보완하면서 어우러지는 경지이지 한쪽을 포기하고 반대편으로 건너가는 것이 아니다.

예를 들어 불교의 대표적인 경전인 《화엄경(華嚴經)》은 '온갖 꽃으로 장엄-장식한다'의 의미이면서 '잡화경(雜華經)'으로도 불린다. 산스크리트어로 'Gaṇḍavyūha Sūtra'로서 Gaṇḍa는 잡화, vyūha는 엄식(嚴飾)의 뜻으로 합하여 잡화엄식이 된다. 여기서 꽃은 영원히 시들지 않는 공덕의 꽃이면서 특정한 꽃이 아니라 일체 모든 가지가지 꽃의 총체다. 그래서 화엄경의 세계가 무궁무진하다. 잡화가 다(多)의 세계라면, 한 송이는 일(一)의 시계다. 그 둘이 다르지가 않다. 즉 단순한 삶이란 활발발한 삶의 응축이고 융해인 것이다. 마치 위장이 튼튼한 사람이라면 뭘 먹든 소화를 해내고 에너지를 얻는 것과 같다. 삶이 어려운 이유는 순간순간 선택을 해야 하기 때문이라고 했다. 선택은 각자의 몫이다.

'명(明)'은 마음을
밝혀 아는 것이다
지혜가 이성적인 판단과
지식 축적의 산물이라면,
밝음은 통찰이라는 차이가 있다.

아름다운 사람은 아름다운 가을을 가지고 있다

가을이 멀지 않았는지 처마에 드는 햇볕이 달라졌다. '아름다운 사람은 아름다운 가을을 가지고 있다'고 한 사람은 그리스의 3대 비극 작가로 꼽히는 에우리피데스다. 아름다운 사람은 사람으로서의 인격과 품성을 가졌다. 그는 왜 아름다운 가을을 가지고 있을까.

가을은 모든 것이 지는 시절이다. 그리고 지기 전에 마지막으로 황홀하게 물든다. 석양도 나뭇잎도 인생도 물든다. 잔잔하고 아름답게 물들고서 비로소 진다. 석양의 짙은 황혼이 없다면 세상은 보다 암담했을 것이다. 황혼의 빛이 우리를 집으로 이끌고 나그네에게는 귀향을 서두르게 한다. 푸른 잎이 어느 날 일시에 저버리고 만다면 그만큼 당황스러운 일도 없겠지. 가을을 보고 겨울을 준비하며, 낙엽을 보고 만물의 귀근을 떠올려 보라. 우리도 이렇게 지는 것이며 터벅터벅 마지막 문을 향해 걸어가야 한다. 그 문을 열면 집이 하나 나타난다. 세상의 모든 속박과 구속의 짐을 벗는 순간이다. 두려워 말라. 대해탈의 집이다. 틱낫한 스님은 이렇게 노래한다.

I'm arrived

I'm home

in the here and in the now

I'm solid. I'm free

나는 도착했네
나는 집에 있네
여기, 그리고 지금
나는 단단하네. 나는 자유롭네

이 글귀는 동국대 도서관 3층 불교학 자료실 입구에 걸려 있
다. 틱낫한 스님이 우리나라를 방문했을 때 학교에 들러 쓰셨
던가 보다. 나는 도서관에 갈 때마다 액자를 올려다보며 내가
도착할 집에 대해 생각해보곤 했다. 여기서는 해탈의 집이지만
범부에게는 반드시 들어가야 하는 죽음의 집이 있다. 다른 집
은 없다. 이 집이라고 오래 머물지도 못한다. 지난 생을 거울에
비추듯 반추하고 책임질 일은 그 집의 소가 되어서라도 갚아야
한다. 이 집에서 머무는 시간에 다음 여행을 생각해야 한다. 결
정이 나면 다음 여행은 나의 뜻과 상관없이 습관적인 힘에 끌
려서 어느 세상으로건 빨려 들어가 버리고 만다. 눈 뜨면 나도
모르는 세상에 태어나 엄마의 무릎에서 젖을 물고 있을 것이
다. 이것이 생의 대강이다.

　　인도(힌두교)에서는 인생을 25년씩 범행기-가주기-임서
기-유행기의 네 단계로 구분하여 백 년의 삶을 제시한다. 범행
기는 학습하는 시기, 가주기는 가정을 꾸려 열심히 사는 시기,
임서기는 가업을 물려주고 숲에 들어가 명상하는 시기, 유행기

는 세상을 유행하며 순례를 떠나는 시기다. 이와 관련하여 아름다운 이야기가 있다.

고대 인도에 야자발키아라는 성자가 살았다. 그는 세속에 살면서도 존경을 받았다. 그에게는 두 명의 부인이 있었다. 마이트레야는 신에 대한 헌신적인 자세가 있었고, 카트야야니는 세속적인 관심이 더 있었다. 어느 날 야자발키아는 아내 둘을 불러놓고 자신은 인생의 마지막으로 순례를 떠날 예정이며, 이 것은 힌두인의 의무를 실천하는 일이라고 했다. 그리고 재산을 모두 물려주겠다고 했다. 카트야야니는 말없이 수긍하는 눈치였다. 마이트레야가 물었다.

"당신이 나눠주는 재물로 영생을 얻을 수 있습니까?"

성자가 말했다.

"그렇지는 않소. 그대는 재물을 가진 많은 사람들과 다르지 않을 것이오. 재산과 영생은 다르다오."

성자의 말을 듣고 난 마이트레야가 분명하게 말했다.

"저는 재산을 받지 않겠어요. 제 몫까지 카트야야니에게 주세요. 재산으로 영생을 얻을 수 없다면 소용없는 일입니다. 저는 차라리 당신처럼 헌신하며 살겠습니다."

야자발키아가 몹시 흡족해하며 말했다.

"그대는 항상 사랑스럽더니 오늘도 내 마음을 기쁘게

하는구려."

이 이야기는 힌두교의 체계를 이루는 철학적 문헌들의 집성체이자 베다의 경전인 《우파니샤드》에 두 번이나 실려 있다. 우파니샤드는 좀 더 가까이 다가간다, 스승의 무릎 가까이 앉는다는 뜻이 있다. 스승의 무릎에 가까이 다가간다는 것은 스승의 가르침을 잘 배운다는 의미다. 또 잘 가르치려면 가까이 붙들어놓고 가르쳐야 한다는 말도 된다. 내가 학생 때는 앞자리에 잘 앉지 않았는데 학생들을 가르쳐보니 맨 앞자리에서 열심히 듣는 학생이 우선 좋았다. 밑되 확인하고 아는 것도 다시 돌아보는 자세가 없으면 반드시 틈이 드러난다. 좀 더 가까이 다가간다는 말은 그래서 심오하다. 어디에 가까이 다가간다는 뜻인가. 신, 진리에 다가가는 것이다.

　　내가 여행해본 도시 중에서 가장 마음에 남는 곳은 네팔의 수도 카투만두다. 분지라서 탁한 공기가 잘 빠져나가지 않기 때문에 고생스러웠는데 20년 전의 일이라 지금은 어떤지 모르겠다. 교외로 조금만 빠져나가면 히말라야가 조망되는 뷰포인트도 있고, 여느 도시와 달리 히말라야로 트레킹을 가는 사람들이 많아서인지 여행객 전체가 들뜬 듯한 분위기가 있다. '예전의 산은 산이 아니었다…'로 시작하는, 에베레스트 5천 고지까지 트레킹을 다녀와서 카투만두의 게스트하우스에서 빨래를 마친 후에 햇살이 양명하게 드는 탁자에 앉아 엽서를 쓰던 90년도 초반의 일이 기억 속에 아련하다.

설령 트레킹을 가지 않더라도 히말라야의 기운이 내려앉아 모든 이야기의 중심이 그 산이고, 그 산을 가려 하거나 다녀온 사람들의 이야기가 넘쳐난다. 꽃밭에 들어가면 옷에도 꽃향기가 배듯이 카투만두에 가면 히말라야가 몸에 스며든다.

현지인이건 여행객이건 머릿속에 동일한 꿈을 그리고 있다는 것이 이 도시가 갖는 매력이다. 내가 이 도시를 각별하게 기억하는 특별한 이유로는 '필그림(Pilgrim)' 서점도 한몫한다. 그 안에는 히말라야 화보집부터 각종 기념품, 그리고 명상서적과 여행서적이 많이 있어서 몇 시간이고 지루하지 않게 시간을 보낼 수 있다. 나는 필그림 안의 물품보다 순례자라는 말 자체가 좋아서 그곳을 일부러 들렀다. 세상을 순례하듯 살고 싶으니까! 내가 인생 후반부에 살고 싶은 자세는 처신을 잘하는 것이다. 티베트 사람들은 '어떻게 처신해야 하는지 아는 사람은 지옥에서도 편하게 지낼 수 있다'라고 한다. 나이가 들수록 처신하기가 참으로 어렵다는 생각을 많이 한다. 인생을 잘 마무리하는 것도 여기에 달려 있지 않을까. 선종사의 기념비적인 인물인 방거사는 세속의 삶을 정리하면서 값비싼 가재도구를 배에 싣고는 동정호 한가운데에 몽땅 쏟아버렸다. 나눠주면 될 것을 굳이 아깝게 버리느냐고 사람들은 한소리씩 했다. 그때 방거사는 이렇게 답했다고 한다.

"나에게 필요 없는 것을 남에게 줍니까?"

나는 필요치 않다 하면서 이거 귀한 것이니 쓰세요, 하는 경우가 얼마나 많은가. 그런데 곰곰이 생각해볼수록 방거사의 말이 맞다. 나에게 필요 없는 것은 남에게도 의미 없다고 생각하는 것이 타당해 보인다. 자신의 흔적을 자신의 손으로 깨끗이 지우고 난 뒤에야 평온한 죽음이 있다. 힌두인들이 인생을 마무리하면서 순례를 생각한 것은 분명 옳고 현명한 자세이다.

나는 나의 인생을 잘 마무리하고 싶다. 환호의 문을 열고 들어가면 탄식의 문에서 나가게 되는 것이 세상의 이치다. 등장할 때의 박수갈채보다 평온한 끝맺음을 소중히 생각한다. 순례자처럼 살고 싶다. 여행을 떠나는 사람이 가능하면 짐을 줄여 가볍게 떠날 생각을 하듯이 줄여가며 살려 한다. 책과 펜은 있어야겠지. 내 얘기를 들어줄 사람이 있다면 부지런히 이야기해야지. 그러다 남기고 싶은 못다 한 이야기가 있다면 글을 써야지. 그 다음은 기도를 할 것이다. 꼭 하고 싶은 일은 나보다 나은 사람, 나보다 고결한 인품을 가진 사람을 길러내는 일이다. 그래야 그 사람이 다음 사람을 길러낼 테니까.

그뿐, 더 이상은 없다.

냥이도 가끔 문 밖에서
혼자 공양하는 나를 바라보기도 하지만,
나 또한 적어도 하루 한 번이라도
냥이가 꺼끌꺼끌한
물기 없는 알갱이 사료를 먹는 시간이면
되도록 옆에 쪼그리고
앉아 다 먹을때까지 지켜봐주려고 한다.
많이 먹어, 천천히! 하면서.

손 없이 보배 산에 들어가기

입추를 지나면서 조석으로 시원한 기운이 돌고, 이제부턴 우리들의 세상이라는 듯이 풀벌레들이 목놓아 울어댄다. 그 기세가 어찌나 짱짱한지 귀가 다 따가울 정도다. 정작 이렇게 여름이 가는가 싶으면 오뉴월 겻불도 쬐다 나면 서운하다 듯이 속절없이 시간을 보내버린 것은 아닌지 되돌아보게 된다. 루소가 그랬다. '나는 사소한 것들에서 죽어간다!'고. 지금은 누구의 방해도 받지 않고 나만의 시간 속에서 지내는 것이라 아쉬울 것도 별로 없어야 한다는 마음으로 지낸다. 그래서인지 낮에는 햇볕이 변하고 밤에는 달과 별의 위치와 밝기가 바뀌어가는 찰나의 모든 순간들이 생생하게 각인이 된다.

이런 작은 시간들이 모여 삶이라는 강줄기를 만들고 그 강은 흘러가며 종국에는 바다로 들어가 모든 강에서 모여든 물과 섞여 하나가 된다. 작은 시간의 가치를 알아차릴 수 있다면 매 순간 새롭게 태어날 수 있다. 이것은 삶을 전체 속에서 부분으로의 진행이라는 측면과 부분에서 전체로 확장하는 두 가지 관점이 있다. 어찌 되었건 생성을 구하려면 소멸의 힘을 타야 한다. 지우개로 지우듯이 순간순간을 살아낼 수 있는 에너지를 가진 사람만이 세상을 능등적으로 살아갈 수 있다. 자유는 이런 감각에서 온다.

올 여름 들어 처음으로 원행길에 나섰다. 다른 걱정이야 얼마나 있겠는가! 문제는 냥이다. 그리고 길 아래 사는 새끼고양이 가족도 있다. 내가 없는 동안의 일은 큰절 D스님에게 부탁을 드렸고, 그 전에 준비를 해놓기로 했다. 냥이는 정해진 장소에 사료 통이 있으니 통에 사료를 가득 채워놓고, 새끼고양이들을 위해서는 사흘치 사료를 봉지 셋에 나눠 담았다. 부탁하는 입장에서 번거롭게 하지 않으려고 최대한 일을 줄여놓고는 D스님에게 다녀온다는 전화를 했다. 걱정 말고 잘 다녀오라는 말이 유쾌하게 들렸다.

아침부터 이것저것 챙기는 내 거동이 수상한지 물끄러미 쳐다보던 냥이가 처마 끝 댓돌 위에 엎드리듯 웅크리고 있었다. 동물에게는 앉는다는 표현을 하려면 참 어렵다는 생각이 든다. 사람은 눕고, 앉고, 서는 것이 분명하지만, 고양이 같은 동물의 경우는 등이 사람처럼 평평하지 않아 잠결에 발을 허공으로 뻗고 있을 경우를 제외하고는, 대부분 머리와 네 발을 가지런히 옆으로 하여 바닥에 닿게 하고 있는 모습이 누운 자세다. 그 상태에서 상체를 비틀어 앞발을 전방으로 향하게 하고 머리를 들고 있거나 하면 앉는 자세로 봐줘야 한다. 고양이는 이 자세를 좋아해서 잠자는 시간이 아니면서 뭔가를 바라보고 있을 때는 거의 이 자세다. 특히 추운 날씨에는 '식빵 굽기'에 들어가 체온을 뺏기지 않으려는 자세를 취한다. 내가 어디라도 다녀올라치면 좀 떨어진 곳에서 웅크리듯 있으면 맘이 편치 않다. 표정도 없고 냉랭하게, 누가 보면 별로 잘 아는 사이 같지 않는 서먹함을 연출하여 마음을 불편하게 한다. 다녀올게, 잘 놀고 있어, 하면서 얼굴을 마주쳐보려 노력해보지만 결코 눈길을 주지 않는다. 모처럼 외출하는 건데 좀 심하네, 하면서 자리를 뜨지만 새침한 표정을 풀지 않는다. 이날도 마찬가지였다. 간단히 백팩 하나를 꾸려 나오면서 냥이를 찾아보니 창고의 박스 집에 도넛처럼 몸을 말고 있었다.

"냥이, 다녀올게."

"......."

"에이, 그러지 마. 금방 올게"

"......."

말도 없고, 이번에는 고개를 벽 쪽으로 돌리고는 꼼짝하지 않는다. 냥이의 배웅도 없이 나오는 길이지만 차라리 이게 낫다는 생각도 했다.

서울은 더웠다. 공기까지 탁해서 그런지 눈이 따가웠고 보도며 건물들까지 죄다 열을 한가득 품고 있어서 갑갑하기까지 했다. 산중의 더위는 그늘에 들어가 가만히 있으면 참을 만한데, 서울은 에어컨을 틀어도 쾌적한 느낌이 들지 않았다.

'이런 곳에서 어떻게 12년을 살았던 것일까?'

주지를 하면서 오랜 시간을 보낸 곳임에도 불구하고, 단 하루 머무는 일인데도 버거운 기분이 들었다. 다음날은 일을 몰아서 봤다. 잘하면 저녁에 내려가는 기차 시간을 맞출 수 있을 것 같았다. 일을 마치고 간단히 이른 저녁을 하고 열차에 몸을 실었다. 책을 볼 수 있을지는 몰라도 최근 구입한 알베르토 망구엘의 《밤의 도서관》과 돋보기, 펜까지 꺼내 독서대에 올려두고는 잠깐 눈을 감았다.

이제 와서 지난 세월을 되돌아보면 유난히 맘 아프게 하는 유년의 기억 하나가 있다. 외갓집에 갔던 일이다. 아마 다섯 살 무렵이었을 것이다. 나는 어머니의 손을 잡고 걸었고 세 살 아래 동생은 아버지 등에 업혀 어느 바닷가 하얀 모래밭을 지나기도 했다. 기억은 다음날 오전으로 이어진다. 잠에서 깼는데 아무도 보이지 않았다. 하얗게 지워진 기억이 다시 이어진 것은 도깨비에 홀린 듯이 어디선가 식구들이 나타나는 광경이다. 그 이후로 뭔가 생각나지 않거나 잃어버리는 느낌이 들 때마다 외갓집에서 있었던 그 일이 항상 겹쳐 떠올랐다. 가끔은 그게 출가자의 길을 가야 하는 나의 운명의 예시였을까, 하는 생각이 든다. 가족을 잃어버리고 집을 잃어버려야 그곳에 내가 없기 때문이다. 카뮈는 이런 말을 했다.

'정열은 강이나 바다와 비슷하다.'

아픈 것은 소리를 내지만 깊은 것은 침묵을 지킨다. 정열은 삶의 의욕이면서 앞을 보고 거침없이 나가는 기개다. 열정은 강을 이루고 바다를 만나는 과정에 우리에게 깊은 상처를 남긴다. 이것은 전적으로 자기만의 것이다. 남이 쉽게 열어 볼 수 있는 창도 아니고 또 남에게 동의를 얻을 만큼 쉽게 설명되기도 어렵다. 인생의 해독은 어렵다. 만물은 아프면 소리가 난다. 우는 것이다. 그런데 정말로 깊은 아픔은 침묵으로 껴안아야 한다. 부드러운 물을 담아 흐르는 강의 깊은 곳, 물과 땅이 닿는 지점은 매 순간마다 쓸려나간다. 그래서 강이 깊어지고 쓸린 토사가 물길을 따라가지 못하면 남아서 땅이 된다. 땅이 되면 수초가 뿌리를 박고 더 이상 강을 잊으라고 타이른다. 우리는 아파도 살아야 하고 슬퍼도 살아야 한다.

이날 열차 안에서는 책을 펼치지 않았다. 그렇다고 잠을 잔 것도 아니다. 눈알이 눈꺼풀 속에서 꺼끌꺼끌했기 때문에 그저 눈을 감고 있을 뿐이었다. 하차역은 곡성. 백팩을 내려 책과 안경, 펜을 넣고 저고리를 고쳐 입었다. 참, 냥이 사진이 있었지. 낮에 D스님이 냥이 사료를 주고 오면서 바닥에 비스듬히 누워 있는 냥이 사진을 찍어 보내준 문자가 생각났다. 핸드폰을 열어 냥이의 얼굴을 보니, 신기하게도 털로 덮인 얼굴인데도 표정을 읽을 수 있었다. 사진 속 냥이는 시무룩하고 영 흥미 없어 하는 표정이었다.

밤 10시 조금 넘겨 역에 도착했다. 차를 몰고 탑전에 와보니 다른 날과 달리 냥이가 없었다. 방에 들어와 짐 정리를 하고 청소를 마치도록 냥이의 기척은 들리지 않았다. 어디 간 거지? 새끼고양이 가족 사료를 줄 겸 냥이도 찾을 양으로 사료를 챙겨 내려갔다. 보통 밤에 냥이를 찾을 때는 숲 여기저기 불빛을 비추면 어디선가 야옹야옹, 하면서 나타나는데 이날은 응답이 없었다. 랜턴을 비추면 고양이의 눈이 빛을 반사하는데, 두 눈이 꼬마전구를 켠 듯 경이로울 정도로 선명하게 빛을 뿜어낸다. 시간은 11시를 넘어서고 있었다. 돌무더기를 비췄더니 순식간에 여기저기서 불빛이 돋아났다. 고양이 눈에 반사된 불빛이었다. 고양이의 얼굴을 가늠하면 대략 두 눈의 간격을 짐작할 수 있는데 한 마리는 불이 하나만 들어왔다. 직감적으로 눈병 난 고양이임을 알 수 있었다. 간혹 한쪽 전조등이 꺼진 채 움직이는 자동차를 볼 때의 바보스런 느낌과는 다른, 정상적으로 불이 들어온 쪽이 오히려 잘못된 듯한 서글픈 기분이 들었다. 그리고 그 한 개의 빛은 이내 돌 틈으로 사라져버렸다.

'그랬구나. 너 정말 눈이 멀고 말았구나.'

어떻게 바짝 서둘렀으면 눈이 괜찮아졌을까… 슬프고 무거운 마음으로 사료와 물을 새로 담아주고는 새끼고양이가 사라진 돌 틈을 잠시 멍하니 바라보다가 터벅터벅 올라왔다. 아직도 냥이는 보이지 않았다. 세면장에서 씻고 나오니 그때서야 문 앞으로 사뿐사뿐 걸어오는 것이 보였다.

"냥이, 많이 기다렸지. 이 녀석!"

늦은 시간이지만 빗으로 바닥을 톡톡 치자 다가오더니 전쟁영화의 탈골된 병사처럼 푹 쓰러지듯이 누웠다. 냥이가 기

분 좋으면 하는 행동이다. 나는 냥이에게 서울에서 있었던 일
을 수다스럽게 늘어놓으며, 털을 빗기고 사료 먹는 것을 지켜
보다가 방으로 들어왔다. 루미의 시다.

진주 하나가 경매에 올랐습니다
아무도 그것을 살만큼 돈이 충분하지 않았습니다
그래서 진주는 자신을 사고 말았습니다

하루 떨어져 있어서였을까. 불을 끄고 잠자리에 누워 고개를
돌렸더니 밖이 훤히 비치는 방충망 너머로 냥이가 웅크리고 앉
아 있는 것이 눈에 들어왔다. 오늘 밤은 저 자세로 한참을 있을
테지! 냥이, 빨리 가서 자, 하고 채근해도 녀석은 꿈쩍을 하지
않는다.

루미의 진주 이야기처럼 가장 비싼 값은 가격이 없다. 누
구도 사기 어렵다면 결국 자신밖에 살 수 없다. 우리 냥이도 그
럴까? 진주처럼 고귀하고, 사려 해도 가격을 맞추지 못해 자신
이 자기를 사버리고 마는 진귀한 존재 말이다.

'손 없이 보배 산에 들어간다'는 말은 《대지도론》에 있
다. 이 말은 어렵지 않다. 누구건 보배로 가득찬 산에 들어가라
고 하면 잔뜩 들고 나올 생각부터 할 것이다. 보배를 보고도 그
냥 나오려면 어떻게 해야 하겠는가. 손이 없어야 한다. 손이 없

으면 보물을 보고 마음이 흔들려도 결국 빈손으로 나온다. 이런 정신이 있어야 도를 닦는다. 보는 대로 듣는 대로 흔들려서는 부동심을 기르기 어렵다. 정말 배우고 싶은 삶의 자세는 욕심나는 일일수록 손이 없는 사람처럼 행동하는 것이다. 이런 말 한마디가 얼마나 정신에 활력과 용기를 주는가. 그래서 자신을 진정으로 사랑하고 고귀하게 생각하는 사람일수록 마음을 잘 써야 한다. 난 냥이가 듣기에 뜬금없을 수도 있는 말을 방충망 너머로 던지고 잠에 빠져들었다.

"냥이, 넌 그럴 수 있지?"

우리는 천 송이의 장미에 감격하지만

때론 한 송이 장미에 더 녹아날 수도 있다.

불교식으로 설명하면

많고 적음은 다(多)와 일(一)의 세계로 집약된다.

이 둘은 상호보완하면서 어우러지는 경지이지

한쪽을 포기하고

반대편으로 건너가는 것이 아니다.

행복, 빈방에 모이는 햇살 같은 것

생활이 단출하고 어느 누군가로 인한 번거로움이 없으니 예전에 읽었던 책이나 내용이 생각나는 시간이 많다. 풀뿌리를 씹으면 나중에 단맛이 나듯이 무미건조한 삶이라도 자꾸 되새기면 향상되는 바가 있다. 《능엄경》에 '횡진(橫陳)을 맞닥뜨릴 때는 맛을 밀초 씹듯 여기라'는 구절이 있다. 밀초는 벌꿀을 담고 있는 기름덩어리로 옛날에는 이것을 모아 양초를 만들었다. 밀초에 무슨 맛이 있겠는가. 먹는 것도 아니다. 밀초가 담고 있는 것은 꿀이라는 최상의 음식이지만 정작 밀초엔 맛도 향도 없다. 이것을 씹는다고 생각해보라. 어떤 고난의 터널이라 해도 아침의 태양이 밝아올 때까지 묵묵히 견뎌낼 힘을 얻을 수 있다. 어렵다 생각하면 초심을 돌아봐야 한다. 그리고 다시 각오를 다지는 것이다.

고려 때 문인인 이규보는 어느 고승을 칭송하여 '묵묵히 세간 인연이 허망함을 깨닫고, 도를 즐겨 그 맛을 깊이 알게 되니, 횡진일랑 죄다 밀초 씹는 맛으로 돌리고, 정욕을 혐의하여 끓는 물 만지듯이 하네'라고 했다. '횡진'은 가로로 긴 진을 친 것인데, 일의 장애면서 우리를 유혹하는 모든 것이다. 이 스님은 어떤 분이었을까?

물에 표층과 심층이 있듯이 사람의 의식에도 표층의 식(識)이 있고 심층의 무의식, 더 나아가 내 존재를 근거하는 깊은 식이 있다. 예를 들면 사과 한 알을 인식하는 문제를 살펴보자. 사과가 있고 사과를 보는 내 눈이 있다. 둘은 사물과 사물로서 아무 상관이 없다. 그런데 눈이 사과를 본 순간 '저것은 사과다'라고 하는 인식이 생기면서 사과는 분별의 대상이 된다. 그 다음은 사과의 모양과 사과를 어떻게 할 것인가 하는 생각이 연이어 일어난다. 눈이 생각을 하는 것이 아니다. 눈을 통해 사과를 인식한 나의 의식이 인식을 한다. 이것이 눈-귀-코-혀-몸으로 사물을 접촉한 후에 저것이 사과임을 아는 단계가 '제6식'의 의식이다. 그 다음에 사과는 무엇이라는 사리분별을 하는 것이 '7식'이고, 이 모든 생각은 '8식'에 비춰서 우리가 기억하고 판단하는 지적인 영역이 이뤄진다. 그래서 8식을 거울과 같다고 하면서 모든 행위가 종자처럼 저장이 되기 때문에 '종자식'이라고도 부른다. 각자의 업이나 삶의 방식이 고유한 형태로 저장되고 나타나는 이유이기도 하다. 이 8식은 자가발전을 한다. 인과응보가 윤리적인 법칙의 근간인데, 생각이나 체험이 꼬리에 꼬리를 물면서 알 수 없는 방향으로 나아간다. 즉 내가 이렇게 하고 싶다 해서 이렇게 되고 저렇게 되고 싶다고 해서 저렇게 되지는 않는다는 것이다. 마켓에 가려다가 한눈이 팔리면 엉뚱한 일을 할 수도 있지 않은가? 가만히 있겠다고 해서 마음이 숨죽이고 있지 않는다. 꼬리가 몸통을 흔들듯이 마음을 세밀히 보고 결의를 단단히 하지 않으면 우리는 결코 생각대로 살아가기 어렵다.

문득 떠오르는 것이 《장자》의 얘기 한 토막이다. 망량 (罔兩, 그림자 바깥쪽에 생기는 희미한 그림자)이 그림자[영影]에게 묻는 내용이다.

망량이 그림자에게 물었다.
"조금 전에는 그대가 걸어가다가 지금은 멈추고,
또 조금 전에는 앉아 있다가 지금은 일어서 있으
니, 어찌 그다지도 일정한 지조가 없는가"
그림자가 말했다.
"내가 의지하는 무엇이 있어서 그리 된 것이 아니겠
소? 내가 의지하는 것 또한 다른 무언가에 의지하
여 그리 된 것이 아니겠소? 내가 의지하는 것이 뱀
의 비늘이나 매미의 날개 같은 존재인가? 내 어찌
그리 되는 까닭을 알겠으며 어찌 그리 되지 않은
까닭을 알겠소."

망량은 그림자의 바깥 부분, 희미한 경계를 말한다. 마치 새벽의 희뿌연 상태나 해질녘의 어둠이 내릴 때 빛과 어둠, 밤과 낮의 경계가 교차하는 아주 모호한 경계처럼 말이다. 망은 허망하다는 뜻의 망(亡)이고, 양(兩)은 둘이라는 말이다. 그러니 망량은 허망하고 또 허망한 존재인 망이우망(亡而又亡)이다. 그림자도 허망한데 하물며 그림자의 바깥은 더더욱 허망하지 않겠는가.

　　망량은 그림자의 움직임에 따라갈 수 밖에 없으니 그림자가 변덕스럽게 보였다. 그래서 핀잔을 줬다고 할까. 가만히 좀 있지! 그런데 망량 또한 자신이 하고 싶어서 그런 것이 아니라 알 수 없는 무엇의 움직임에 따라갈 뿐이니, 그림자 자신도 모르겠다고 항변한 것이다. 내가 의지하는 것, 항아리에 담긴 장처럼 내가 담긴, 나를 담고 있는 그 무엇을 망량도 알 수 없는 것이다. 망량이 실체라고 믿었던 그림자도 또 다른 실체의 허상이었을 뿐, 우리의 삶도 망량처럼 그림자와 그림자의 그림자를 실체라고 믿고 살아가는 것임을 돌아보라는 이야기이다.

　　거기에 더하자면, 세상과 삶을 표층적으로만 보지 말고 심층적으로 바라보는 안목을 키워 보라는 것. 그런 심층적인 안목이 내가 나를 이해하는 실마리가 되고, 심안(心眼)으로 세상을 볼 줄 알게 될 것이다.

　　많은 이들이 추구하는 심플 라이프Simple Life라는 삶의 태도 또한 심층적인 안목이 작용한다. 채우려는 열망보다는 비어있는 안목을 보는 것이다. 악기도 소리가 나려면 공명하는 공간이 있어야 한다. 사람도 마찬가지다. 경쾌하게 살려면 몸과 마음이 쾌활하고 가벼워야 한다. 몸의 입장에서 보자면 건강의 핵심은 쾌식과 쾌변에 있다. 잘 들어와야 하고 잘 나가야 한다. 잘 내보내지 못하면 몸이 음식을 받아들이기 어렵다. '걷는 것은 여섯 번째 장기'라는 말이 있다. 많이 걸어야 장기가 살아난다. 난 쾌활한 사람이 좋다. 생각해보면 법정 스님이 계신 자리는 항상 유쾌한 무엇이 있었다. 일단 화젯거리가 많았고 무엇보다 스님은 유머와 재치가 있었다. 스님께서 무소유의 철학을 제시할 수 있었던 것은 어쩌면 소유를 부끄럽게 하고도 남을 만한 영혼의 장쾌함이 스님의 정신세계를 꽃피우고 있었기 때문일지도 모른다. 소유의 기쁨도 있겠지만 무소유의 즐거움도 있다. 채우는 즐거움도 있겠지만 비우는 즐거움도 이에 못지않다는 것, 따라서 내가 택한 삶의 방향으로 행복하게 나아가면 된다.

동양에서의 행복이라는 심리일반, 삶의 완성은 즐거움이다. 이것을 가볍게 생각하면 안 된다. 실패도 되살리면 성공이되고 비극도 승화되면 삶의 환희는 물고기가 고개를 내밀듯이 저절로 떠오른다. 그렇다면 즐거움은 어떻게 감지되는 것일까.

'낙출허(樂出虛)!' 《장자》에 나오는 말이다. 즐거움은 비우는 데서 나온다, 마음을 비워야 인생이 즐거워진다는 뜻이다. 간혹 책에 사인을 해서 줄 때면 나이 드신 분들, 특히 노년의 분들에게 이 말을 즐겨 써드린다. 반대로 젊은 사람들에겐 써주지 않는다. 젊은 사람은 패기가 있어야 하고 어떤 두려움도 없이 세상을 헤쳐 나가야 하는 시기다. 배는 항구에 있을 때 안전하지만 그것이 배의 일은 아니지 않은가. 죽든 살든 배는 바다로 나가야 하고, 바다에서 승부를 봐야 한다. 비우고 물러나는 지혜는 노년의 것이지 젊은이의 덕은 아니다. 삶에 그런 방식도 있다는 정도만 알고 열심히 살면 알밤이 단단히 익어가듯 인생이 성숙되어 간다. 자신이 살아야 할 시기에 맞춰 딴 생각하지 않고 열정적으로 사는 자세가 오히려 비움의 역설적인 관점이다.

낙출허는 《천자문》의 '공곡전성(空谷傳聲) 허당습청(虛堂習聽)'과 다르지 않다. 빈 골짜기에서는 소리가 잘 전해지고 빈 대청에서는 소리가 거듭 울려서 들린다는 뜻이다. 방에 가재도구가 없으면 소리가 잘 울리는 것을 알 수 있다. 그리고 햇살은 빈 공간에 아름답게 퍼진다. 빈 공간에 소리가 잘 울리고 햇살이 모여들 수 있듯이 마음을 넉넉하게 쓰면 행복이 미소 지으며 햇살처럼 내 인생의 창에 모여들 것이다.

쾌활한 정신으로 즐겁게 살면 없는 복도 생긴다는 말씀!

풀뿌리를 씹으면
나중에 단맛이 나듯이
무미건조한 삶이라도
자꾸 되새기면
향상되는 바가 있다.

냥이도 고양이와 있는 게 좋겠지

이 고양이는 이태 전 여름, 서울에서 내려와 온전히 나만의 시간 속에서 지내보리라는 생각으로 거의 모든 연락을 끊고 먹을 것도 혼자 해결하면서 오직 산행과 독서로만 지내던 즈음의 한겨울에 내게로 왔다. 산중의 추운 겨울에 굶주림이 일상이 되었을 고양이를 외면하지 못해 보살펴주었던 것이 인연의 단초가 되었다. 생각해보면 고양이와 나는 1cm씩 조심스럽게 가까워졌던 것 같다. 내가 고양이를 알아가는 만큼 고양이도 나를 알아가고, 서로의 행동 방식이나 생활 주기를 눈여겨봐 가며 모색한 공존이었다. 고양이의 재발견!

이 동물이 인간사회에 파고들어 함께 살아가는 데는 그만한 이유가 있을 것이다. 생물학자들은 생물을 종으로 분류한다. 동물을 같은 종으로 구분하는 기준은 간단하다. 서로 번식 가능한 후손을 낳으면 된다. 종(種)보다 우선한 게 속(屬)이고, 속보다 앞서서 과(科-Family)가 있다. 사자·치타·집고양이는 고양이과, 늑대·여우·자칼 등은 개과에 속한다. 불과 6백만 년 전 단 한 마리의 암컷 유인원이 딸 둘을 낳았다. 이 중 한 마리는 모든 침팬지의 조상이, 다른 한 마리는 인류 종의 할머니가 되었다. 가깝다면 가깝고 멀다면 먼 특성을 가진 생명체가 함께 어우러져 살아가는 일은 기적이 아닐 수 없다.

그런 면에서 고양이와 개는 좀 특별한 관심을 받을 만하다. 만약 동물이 글을 쓴다면 그 첫 주자는 고양이가 아닐까 하는 생각을 해본 적이 있다. 그만큼 고양이는 평온하고 고요하다. 고양이와 지내는 기분은 말수 없는 사람과 사는 것 같다. 말이 없고 은근하고 인내심이 있기 때문에 고양이를 보는 사람은 자기 의문에 빠질 수 있다. 그래서 뭘 해줘야 할지 항상 걱정이고 뭘 해줘도 부족한 건 아닌지 의심스럽다.

시간이 흐르면서 냥이의 정체를 알 수 있었다. 큰절 급식 창고에 쥐가 들끓어 후원의 음식을 장만하는 사하촌 보살님이 데려와서 살게 되었다고 한다. 한번은 산책길에 만난 적이 있어서 고양이에 대해 물었더니 자기 집에서 키우던 것으로 너 절에 가서 살자, 했더니 '야옹' 하면서 수긍하는 모양이라 데려온 것이 고양이의 출가(?) 내력이다. 그렇게 한 2년을 살았는데 다른 고양이들과의 싸움에서 밀려 내가 머무는 암자로 온 것이다. 목줄이 있는 것도 아니고, 어디 가서 돌아오지 않으면 그것으로 이별인 관계였지만, 이곳을 자기 집으로 생각하고 나를 주인으로 삼아 떠나지 않았다. 한 생명체가 나와 함께 지내겠다고 한 것이니 소중하게 여겨야겠지. 그런 점이 또 고맙고 예뻤다.

큰절은 이곳과 이백여 미터쯤 떨어져 있다. 그곳에도 여러 고양이들이 살아간다. 대부분 자유롭게 살아가는 야지(野地)의 고양이들이다. 큰절은 스님들이 대중생활을 하기 때문에 사적인 것이 제한되어 달리 사료를 챙겨주기 어렵다. 고양이들은 후원이나 스님들 처소를 돌며 음식을 찾아먹는다고 들었다. 그런데 내가 냥이를 챙겨주느라 그릇에 사료가 채워져 있을 때가 많아지자 간혹 큰절 고양이들이 이곳으로 넘어왔다. 수고양이는 영역 침입의 대가로 험한 결투가 벌어지기도 했다.

지난 가을 어느 날이었다. 탑전 옆으로는 물이 졸졸 흐르는 작은 계곡이 있고, 야트막한 숲 너머로 박물관과 큰절이 이어진다. 언제부턴지 낯선 새끼고양이 두 마리가 자주 건너와서 사료를 먹곤 했다. 냥이는 나하고만 살아서 심심한지 한 번씩 큰절에 건너갔다 오는데, 그럴 때면 꼭 어딘가 다쳐서 들어와 내 속을 상하게 했다. 그런데 이 새끼고양이들이 보이기 시작하면서 냥이는 큰절에 넘어가지 않았다.

야지에서 태어나 생활하는 고양이는 사람 손을 타려 하지 않는다. 새끼고양이들은 나에게 가까이 오지도 않고 경계를 풀지 않았지만, 내가 보이지 않으면 안심하고 내려와 사료를 먹을 만큼 눈치와 요령이 생겼다. 어느덧 겨울로 접어들 무렵에는 새끼고양이들이 제법 자라서 더욱 재빠르게 움직였다.

탑전은 법당채와 요사채, 그리고 세면장과 대중 화장실이 들어있는 건물 등 총 세 채로 이루어져 있다. 요사채는 마당에서 보면 7칸의 단층이지만 경사를 이용해 반 지하처럼 한 층이 더 있어서, 축대 아래에서 보면 2층 건물로 보인다. 이 반 지하 아래층에 내 방이 한 칸 들어있고 그 끝에 자리한 보일러실이 냥이의 집이고 온전히 냥이의 몫이다.

　산중 수행처에서는 잡담이나 논쟁을 금하기 때문에 자연히 말이 없는 곳이어서 일찍 출가한 나는 외로움을 극복하는 것이 중요하게 다가왔다. 산에 있어도 혼자, 밖에 있어도 혼자, 출가자의 삶이 아무리 무소의 뿔처럼 홀로 가는 것이라지만 그런 시간들이 고달프지 않은 것은 아니었다. 그래서 누군가 홀로 있는 모습을 보면 괜히 마음이 쓰인다. 마치 남의 설움에 제 설움 덧집 친다, 하듯이 남은 멀쩡한데 혼자 울컥하는 자기 설움이라고 할까.

　냥이는 어쩌면 나보다 더 혼자 있는 시간이 많고, 묵언하는 사람처럼 도통 말이 없이 그저 내가 챙겨주는 사료와 물을 먹고 보일러실의 박스에서 잠을 자고 살아간다. 온종일 홀로 지내는 냥이. 동무가 있는 것도 아니고 누가 놀아주는 것도 아니어서 여기서 우두커니 있다가 저기서 우두커니 앉아 있는 식이다. 그것을 지켜보는 것만으로도 나는 마음이 불편해져서 일부러 한마디씩 던진다,

　"냥이, 심심하지?"

　저 녀석을 어쩐담. 내가 채워줄 수 없는 고양이의 홀로 남겨진 시간. 그 공허함이 마음을 자주 뭉클거리게 한다.

　그런데 냥이와 내가 1cm씩 가까워지듯 냥이에게도 그런 존재가 생겼다. 내가 남매 고양이로 부르는 새끼고양이 두 마

리가 슬금슬금 탑전의 마루 밑이며 창고의 틈으로 사람을 피해 도망 다니며 자리를 잡더니 어느덧 반 탑전 식구가 되어 냥이와 어울려 장난도 치면서 놀기 시작한 것이다. 냥이도 나보다는 고양이들과 있는 게 좋겠지!

고양이들은 혹독한 산중 추위를 용케도 이겨내고 봄을 맞고는 밖에서 보내는 시간이 많아졌다. 난 짐짓 모른 체하며 남매 고양이의 사료도 넉넉히 챙겨주기 시작했다. 그만큼 혼자 지내는 냥이에 대한 걱정도 줄어들었다. 특이하게도 남매 고양이는 아침 일찍 어디론가 사라져서 날이 어둑어둑해질 무렵에야 슬그머니 들어왔다. 방에도 자유롭게 들락거리는 냥이와 달리 녀석들은 오직 밖에서만 지냈지만 서로 차별하거나 경쟁 같은 것이 느껴지지는 않았다.

하지를 지나는 이즈음은 산중의 날도 길어서 초저녁 무렵 시원한 바람을 맞으며 산책하기에 더없이 좋은 때다. 이는 고양이들에게도 마찬가지여서 냥이는 남매 고양이들과 잔디밭에서 뒹굴고 장난을 치며 노는데, 그 표정이 참 밝아 보인다. 이렇게 의도치 않게 식구가 늘었지만, 고양이라는 동물이 원체 얌전하고 소란스러운 게 없어서 별 표나지 않게 돌봐줄 수 있어서 좋고 고마웠다.

새 책을 적게 읽고 이미 읽은 책을 다시 읽어라

기상 관측을 시작한 이래 서울 기온이 39.5도로 111년 만의 최고점을 찍었다. 만물의 이치가 차면 기울고 올라가면 내려오는 것이라 그런지 여름의 절정을 내려선 바람은 한결 시원해진 듯하다. 벌써 하늘 어딘가에는 가을이 어른거리는지도 모른다. 빈 그릇에 사료를 담으면서 드는 생각은, 사람들은 덥다고 여름 음식을 먹으면서 더위를 식히고 기분 전환을 하기도 하는데 냥이에겐 딱딱한 사료와 물 뿐인가 싶은 미안함이었다.

휴가가 절정이라 절 주위에 사람들이 많이 보였다. 이곳에 내려오기 전 내가 가장 좋아했던 공간이 동국대 도서관이었다. 특히 방학 때의 도서관! 남들 노는 시간에(도서관에 안 온다고 논다는 말은 아니다) 책을 펴고 있으면 왠지 시간을 두 배로, 지혜를 덤으로 얻는 기분이 든다. 졸릴 때면 보온병에 담아간 차를 마시고, 식사는 구내 채식식당을 이용했는데 음식이 맛있어서 늘 즐겁게 먹곤 했다. 지금 이 순간도 가장 그리운 공간이 도서관이다. 에어컨 냉기가 계곡의 잔물결처럼 흐르는 곳에서 책을 읽으며 보내던 여름날….

나는 도서관을 생각하면 작가 호르헤 루이스 보르헤스(1899~1986)가 거의 동시에 떠오른다. 경외감과 함께 더 부지런히 책을 읽어야겠다는 다짐이 매번 똑같이 나의 신경선을 타고 흐른다. 보르헤스는 나에게 비밀 같은 존재다.

보르헤스는 부계 쪽의 유전으로 시력이 약했다. 어려서

푸른 눈동자를 보고 아버지가 뛸 듯이 기뻐했으나 커가면서 눈동자가 갈색으로 변해가는 것을 알고는 운명으로 받아들였다. 시력이 점차 약해져서 보이는 게 희미해져 가더니 50이 넘어서는 그마저도 빛을 잃어버리고 말았다. 그런데 55세의 이 맹인 작가에게 아르헨티나의 국립도서관장직이 맡겨졌다. 그는 이 직책을 18년 동안 너무나 행복하게 수행했다고 한다. (《일리아드》의 작가 호메로스도 맹인이었고, 《실낙원》을 쓴 밀턴도 맹인이었다.)

"책 좀 읽어줘요!"

그는 누구든 만나는 사람에게 책을 읽어달라고 했단다. 참 눈물 나는 이야기다. 눈 있는 자는 책을 안 보는데 눈 없는 자는 남의 눈을 통해서라도 책을 만나고 싶어 한다. 보르헤스에게 책 읽어주는 일을 했던 알베르토 망구엘의 《보르헤스에게 가는 길》이라는 책을 구하려고 했더니 절판이었다. 가까스로 도서관에서 빌려 복사, 스프링 제본을 하여 가까이 두고 있다. 독서에 대한 망구엘의 책들을 보면 절망감이 든다. 도대체 나는 무슨 생각으로 책을 보는 것이며, 그 정도밖에 읽어내지 못한다 말인가, 하면서 부족한 소양을 괴로워한다. 그를 '독서계의 돈 후앙'이라고 했다는데 그 이유를 알 것 같다. 보르헤스의 문학은 라틴아메리카의 마술적 사실주의를 꽃피운 것으로 평가받는다. 완전한 허구의 무언가의 개념을 만들어내고, 그것에 대해 설명하며 사실과 허구를 마구 인용하는 방식이다. 책

읽기에 대한 보르헤스의 말을 들어보자.

"책 읽기보다 훨씬 좋은 게 있어요. 읽은 책을 다시 읽는 것인데, 이미 읽었기 때문에 더 깊이 들어갈 수 있고, 더 풍요롭게 읽을 수 있답니다. 나는 새 책을 적게 읽고 읽은 책을 다시 읽는 건 많이 하라고 조언해주고 싶군요."

읽은 책을 다시 읽을 수 있는 사람은 독서의 어느 고개를 넘어선 사람이다. 인생에 그런 시간을 얻은 사람은 아주 드물다. 독서에 대한 갈증이 사라진 사람만이 봤던 책을 다시 볼 수 있다. 독서란 그런 것이다. 비유하자면, 아직 갈 길이 먼 사람은 뒤를 돌아볼 여력이 없다. 그러나 산마루에 올라선 사람은 시원한 바람을 맞으면서 잠시 쉬어가도 된다. 이제 내리막이니까! 우리가 일생을 들끓듯이 살고 나면 가장 솔직한 자신의 모습을 만날 수 있듯이 독서도 돌고 돌면 가장 근원의 자리로 돌아온다. 마음의 거울 앞에 자신을 비춰보는 회광반조의 순간이다. 예전에 봤던 책을 다시, 두 번 세 번 두드려보면 작가의 목소리가 울린다. 그러면서 이제 나를 알겠어? 하며 작가는 또 만나자고 손을 내민다. 태반의 작가가 이미 세상에 없지만 책은 독자를 부른다. 숭고한 작가의 혼을 세상에 불러오는 일은 독서가만이 하는 일이다. 호메로스도 오고 마르께스도 온다. 이 오묘함이 독서의 복이고 즐거움이다.

보르헤스는 '천국이 있다면 그곳은 도서관일 것이다'라

고 했다. 물론 순천에 나가면 순천대학교도 있고 여러 학교 중에 괜찮은 도서관들이 있을 것이다. 그러나 오고가는 번거로움과 외출 준비의 귀찮은 면이 선뜻 실행하기 어렵게 한다. 요즘 같으면 냥이 때문에도 움직일 생각을 내지 못한다. 산에 다녀오면 그늘에 들어있던 냥이가 나타나고, 밥과 물을 주고 털을 빗겨주며 살펴줘야 한다. 무엇보다 냥이가 그 시간을 기다리지 않겠는가. 그러고 나면 냥이와 나는 위층 응접실 차방에서 오후를 같이 보낸다. 나는 책을 보거나 글을 쓰고, 냥이는 자신의 집이나 다름없는 사방탁자 셋째 칸에서 나를 내려다보거나 잠을 잔다. 올 여름엔 내가 멀리 나다니지 않아서인지 더욱 맘 놓고 내 곁에 머문다. 어디 외출이라도 할 일이 있어 아침부터 분주히 움직이는 날이면, 냥이는 부쩍 의문스런 눈으로 지켜본다. 그러면서 방 모서리며 문, 책상다리 같은 곳에 머리와 몸통을 밀고 다니며 시선을 끈다. '잠깐 다녀올 건데 뭘 그래, 너하고만 붙어 있어야 해?' 냥이를 타박하면서도 마음은 무겁다. 그런데 한동안 나가질 않아서인지 이젠 나를 붙박이장으로 생각하는 듯 자기를 전부 맡기는 표정이다. 사물은 부동이 주는 안정감이란 게 있는 법이니까 냥이도 그렇게 느끼는 것이다.

헤라클레이토스는 '태양은 날로 새로워진다'고 했다. 그의 영감 어린 말들을 깊이 음미해본다. 하루하루를 신선한 마음으로 살아가는 사람은 같은 태양도 매일 달라 보일 것이다.

날마다 좋은 날이다. 하루가 짐스럽기만 한 사람은 삶을 다시 생각해봐야 한다. 이런 이야기가 있다.

어떤 제자가 성자를 찾아가서 영적인 가르침을 요청했다. 성자가 말하였다.

"무슨 말을 할 수 있겠는가? 모든 것은 '참나'이다. 물이 응고하여 얼음이 되듯이 참나가 형태를 취하여 이 우주가 된다. 오직 그 참나만이 존재한다. 당신이 바로 그 참나이다. 이것을 알면 모든 것을 알게 될 것이다."

구도자는 만족하지 못했다.

"그 말씀이 전부입니까? 그런 말은 책에도 나와 있습니다. 다른 말씀을 해 주실 수는 없나요?"

성자가 말했다.

"내가 가르칠 수 있는 것은 그것이 전부다. 더 많은 가르침을 받고 싶으면 다른 곳으로 가거라."

그래서 그는 두 번째 구루에게로 가서 가르침을 요청했다. 이 구루는 매우 노련해서 이 사람이 어떤 사람인지 첫눈에 알아보고서 말하였다.

"내가 너를 가르쳐 주겠다. 그러나 너는 12년 동안 나에게 봉사해야 한다."

인도에서는 고대로부터 구루에 대한 봉사를 대단한 영

적 수행으로 여겼다. 이것은 신비한 사다나(영적인 길에서의 육체적·정신적 수행. 영적인 훈련)이며, 구루를 위하여 일하는 동안 진리에 대한 지식이 구도자 안에서 자연스럽게 일어난다. 그래서 구도자는 이 조건을 기꺼이 받아들였고, 무슨 일을 해야 하느냐고 물었다. 구루는 사원의 관리인에게 어떤 일이 남아 있는지 물었다. 관리인이 대답했다.

"한 가지 일밖에 없습니다. 물소 똥을 치우는 일이죠."

구루가 물었다. "그것을 하겠느냐?"

"예." 구도자는 동의했다.

이 구도자는 매우 성실하고 진실했기에 일의 성격에 대해서 이의를 제기하지 않았다. 그는 12년 동안 하루도 빠짐없이 똥을 치웠다. 그러던 어느 날 달력을 본 그는 자신이 12년을 채웠고 이틀 더 일한 것을 알게 되었다. 그래서 그는 구루에게 가서 말했다.

"12년간의 일을 끝냈습니다. 이제 가르침을 주십시오."

구루가 말했다.

"이것이 나의 가르침이다. 모든 것은 의식이다. 우주의 모든 것은 '참나'로 나타난다. 너 역시 참나 그 자체이다."

사다나를 하는 동안 구도자는 성숙해졌고, 그래서 구루의 말을 듣자마자 깊은 삼매에 들어갈 수 있었고, 삼매 속에서 진리를 경험하였다. 삼매에서 빠져나온 뒤 구루에게 물었다.

"오, 스승이시여, 이해되지 않는 점이 한 가지 있습니다. 저는 전에 이미 이 가르침을 받은 적이 있습니다. 다른 구루도 제게 똑같은 가르침을 주었습니다."

구루가 말했다.

"그렇다. 12년 동안 진리는 변하지 않았다."

"그렇다면 왜 제가 이것을 이해하기 위해 그렇게 긴 세월 동안 물소의 똥을 치워야 했습니까?"

구루가 대답했다.

"그때는 네가 어리석었기 때문이다."

물소 똥을 12년이나 치워야 했던 제자는 12년 전이나 12년이 지난 후나 똑같은 법문을 들었다. 하지만 12년 전에는 그 말이 그냥 말에 지나지 않았으나 12년이 지난 시점에는 깨달음으로 들어가는 진리가 되었다. 말은 달라지지 않았는데 사람이 달라졌던 것이다.

제자는 억울했다. 단지 그것을 위해 그 긴 세월 동안 물소 똥을 치우는 일을 했으니까. 그러나 그 세월 동안의 수행이 없었다면 그는 결코 깨달음에 이르지 못했을 것이다. 진리에 이르는 길은 물소 똥을 치우건 청소를 하건 아무 상관이 없다. 일 자체에 귀천이 있지 않다. 묵묵히 자신의 일을 성스럽게 지키고 실천해나가는 것이 삶의 묘약이다. 그렇지 않으면 아무리 많은 가르침을 받고 오랜 세월 동안 수행해갈지라도 진전이 없다. 사람이란 처음엔 일을 끌고 가지만 조금 지나면 일이 사람을 끌고 간다. 일의 삼매, 자신이 하는 일을 행복하게 하는 사람만이 자신의 주인이 될 수 있다. 나는 작금의 이 단조로운 생활 속에서도 삶의 탄력을 잃지 않으려 주의한다. 그래서 아침에 눈을 뜨면 이 생각부터 한다.

하루가 시작될 때 여행은 시작된다.

여행이 반드시 어디 먼 곳으로의 떠남과 돌아옴만 의미하는 것은 아니다. 몸을 돌리고 생각을 바꾸는 순간순간이 큰 여행이다. 이런 마음을 먹으면 항상 설레고 신선한 여유가 생긴다. 원하는 것을 모두 얻는다고 해서 더 좋은 것은 없다. 나는 여전히 길 위에 있으며 계속해서 길을 가야 하는 지구별의 여행자다. 진정한 삶의 여행자는 몸과 마음이 아무리 고달파도 머무르려고 타협하지 않는다. 태양이 떠오르면 그대로 길을 나설 뿐이다.

꽃그늘 아래선 생판 남인 사람 아무도 없네

오늘이 며칠 째지?

폭염이 어쩌면 한 달도 더 갈 거라는 얘기를 듣고서 장마가 끝난 시점부터 역산으로 헤아려봤다. 잘 모르겠다. 여러 날이 지났는데, 하는 정도에서 생각을 그치고 나의 여름에 집중하자고 마음먹는다. 물론 냥이와 큰절에서 건너오는 고양이들, 그리고 새끼고양이 가족이 건강하게 여름을 나도록 하는 일이 나에게 당면한 과제다. 초복을 넘긴 지금, 마당의 잔디가 노랗게 시들 정도로 강렬한 햇볕이 내리쬐기에 정오 무렵에는 산행에서 돌아올 수 있도록 시간을 조정했다. 땡볕이라도 이 시간까지는 어디건 그늘에만 들어가면 시원해서, 내려오는 길에 한두 번 그늘에 쉬듯이 앉아 있는다.

이때의 쉼, 그리고 바라봄은 참선이나 명상과는 조금 성격이 다르다. 이것은 내가 냥이로부터 배운 바가 있어서 따라해보는 중이다. (종종 냥이가 어디를 보고 있으면 방해되지 않게 가만히 옆에 앉아 냥이가 보는 곳에 시선을 두고서 호흡을 조절하며 함께 시간을 보내기도 한다.) 눈은 뭔가를 보고 있지만 정작 아무것도 보고 있지 않는 텅 빈 순백의 바라봄이다. 듣는 것도 마찬가지다. 귀는 열려 있지만 소리는 다만 지나갈 뿐 마음에 남지 않는 상태여서 비유하자면 공사장의 큰 관이 자신의 속을 훑고 가는 바람을 알지 못하는 것과 같다.

가을이나 겨울 같으면 산행을 하다가도 양지 바른 곳에

앉아서 허리를 펴고 호흡을 깊고 느리게 가다듬으면 마음이 평온해진다. 이때는 내면이 절대 수용의 상태가 되어 어떤 것이라도 기꺼이 받아들일 수 있는 상태가 된다. 수행이란 게 그렇다. 계곡의 물이 깊은 곳을 보면 짙푸르게 보이지만 물 자체가 색이 있는 것은 아니다. 무색이 자꾸 겹치면 거기서 무색의 짙음이 만들어지면서 본래 색이 있었던 것처럼 보인다. 마음이란 것도 형체가 없지만 반복하고 반복하면 몸이 바뀐다. 몸이 바뀌면 이전의 몸에 담겨 있던 생각의 차원에 변화가 일어나면서 과거의 생각은 더 이상 일어나지 않는다.

인생의 모든 것이 그렇지만 반복, 즉 횟수가 큰 변화를 가져온다. 1만 시간의 법칙은 연습하는 시간이 어느 정도 쌓여야 어떤 단계에 올라선다는 이론이다. 나는 개인적으로 횟수와 양이 인생의 큰 비결이라고 생각한다. 시간과 노력이 쌓이지 않고서 알짜배기를 얻겠다는 생각은 애초에 하지 않는 게 좋다.

여름 산행은 중간에 물 마시는 것 말고는 별 해찰도 못 하고 내려오지만 몸은 많이 지친다. 냉장고에서 시원한 물을 꺼내 먹고 나면 좀 정신이 들고, 그제야 냥이는 뭐하고 있지? 하면서 찾게 된다. 어디서 자다가도 내 등산 스틱 소리를 듣고 뜰에 나와 있을 때가 많지만, 보이지 않으면 '냥이, 냥이!' 큰소리로 부른다. 그러면 어디선가 야옹 하면서 나타나는데, 지금은 너무 더워서 나에 대한 관심도 시들해졌는지 아무리 불러도 기척이 없다. 하긴, 냥이는 자신이 움직이고 싶을 때 움직인다. 그래도 기다리지 못하고 찾아나서면 냥이는 그늘에 누워 있기도 하고, 식빵 굽는 모습(특히 노란 털무늬의 냥이들이 웅크리고 있으면 크기도 그렇고 모양이 꼭 노릇노릇 익어가는 식빵 모양이다)으로 앉아 있기도 한다. 냥이와 남매 고양이까지 세 마리가 각각 보는 방향을 달리하여 뙤약볕 아래서 식빵을 굽고 있는 모습을 보노라면 한마디하게 된다.

"냥이, 익다 못해 타겠어!"

일단 냥이를 보고 나면 흐뭇하고, 비로소 다음 일을 한다. 땀에 젖은 옷을 세탁하고 아무리 더워도 차를 뜨겁게 우려내 한 사발 마신다. 뜨거운 차를 마시면 갈증이 가시기도 하지만 몸이 편안해진다. 여름에 뜨거운 음식을 잘 먹으면 겨울에 감기에 걸리지 않는다는 말이 있다. 더울수록 몸을 따뜻하게! 냥이가 햇볕 아래서 식빵을 굽는 것도 같은 이유일지 모르겠다. 산중에서는 여름에도 방바닥을 고들고들하게 유지해야 한다. 그렇지 않으면 높은 습도 때문에 몸까지 눅눅해지는 기분이 되기 때문이다. 나는 방바닥에 온기가 살짝 느껴질 정도에서 보일러를 끄고 잠깐 쉰다. 산행 후에 잠깐이라도 잘 쉬고 나면 밤늦게까지 맑은 정신으로 집중할 수 있다. 이날은 잠이 좀 깊이 들었던가 보다. 눈을 뜨고 의식이 돌아오는 짧은 순간

인데 여기가 어딘지 잘 분간이 안 될 정도로 생각이 단절된 듯했다. 좀 멍한 상태에서 고개를 돌려보니 파란 하늘이 15도 정도 옆으로 기울어진 액자에 담겨 있었다. '뭐지?'

나는 움직이지 않고 가만히 바라보았다. 다시 고개를 모로 하여 하늘을 올려다보았다. 실내의 짙은 그늘이 바깥 햇살에 대비되어 하늘이 액자에 담긴 듯한 착각을 불러일으켰던가 보다. 바다가 하늘로 올라간 듯 시원해 보이는 파란 바탕에 하얀 구름이 둥실 떠있었다. 바람도 없고, 땡볕의 기세에 눌려 시든 듯 늘어진 나뭇잎은 미동도 않고, 구름도 정지된 듯 흘러가지 않았다. 하얀 구름은 아이스크림을 떠올리게 했다. 사할린에서 맛봤던 하얀 아이스크림. 구름을 보고 음식 생각을 한 것은 거의 처음이었다. 구름이 참 맛있게 보이네 하면서 얼른 자리를 털고 일어났다.

산중의 여름은 얼음이 들어간 음식이나 아이스크림, 시원한 아이스 아메리카노를 생각나게 한다. 때마침 냥이가 그늘에서 나와 어슬렁거리며 앞에 와서는 철썩 뒷다리를 깔고 상체를 일으켜 세운 채 나를 물끄러미 바라보았다. 나는 다가가서 냥이의 귓속도 살피고 눈자위와 콧등, 턱 밑을 쓸어주면서 물어보았다.

"냥이는 얼음도 모르고 아이스크림도 모르지. 시원한 물도 싫고 말이야. 냥이는 바보네!"

냥이는 삼복더위에도 크게 힘들어하는 기색을 보이지 않는다. 냥이는 무엇을 먹고 싶다는 욕구보다는 자신이 원하는 만큼의 거리에서 먹고 의지하며 살아갈 수 있기를 바랄지도 모른다. 그래서 애틋하면서도 의젓하다는 생각이 든다. 어디 냥이뿐이겠는가. 숲에 지저귀는 새들, 잠시도 쉬지 않고 움직이는 개미 군단들, 여기저기 울어대는 풀벌레들까지 자연에서 최선을 다하지 않는 순간이란 없어 보인다. 눈이 부시도록 파란 논과 밭, 그 땅을 일구는 보이지 않는 사람들은 또 얼마나 꿋꿋하게 살아가는가. 마주치는 순간의 모든 생명들을 생각하자 활기찬 여름을 살아볼 용기가 난다.

'꽃그늘 아래선 생판 남인 사람 아무도 없네!'

이것은 일본 하이쿠 중의 하나다. 마치 하루키가 '활짝 핀 벚꽃나무 아래 서면 누구라도 바보 같아 보인다'라고 했듯이, 이 하이쿠를 지은 고바야시 잇사는 아무도 남 같지가 않다고 표현했다. 낯선 사람을 봐도 생경한 느낌이나 거리낌이 없다. 왜 그럴까? 너도 나도 모두 행복하니까, 행복한 환희 속에서 모두가 꽃이 되기 때문이다.

티베트의 로종 수행에서는 '자기 자신으로부터 시야를 돌리라'고 말한다. 시선을 자신에게만 향하면 결과는 이기심뿐이다. 창문을 열어 놓고도 얼굴을 닫고 있으면 아무 소용이 없는 것과 같다. 마음을 밖으로, 타인과 세계를 향해 열어 보이면 내가 살아가는 동안 할 수 있는 일에 대한 소명 의식을 알게 된다. 결국은 자기를 극복하는 안목을 기르는 것인데, 어쩌면 모든 진리의 가르침은 자기도취를 줄이라는 한 지점으로 통한다고 할 수 있다. 깨달음은 자기 극복의 길이기도 하고 자기 초월 내지는 자기 향상의 길이기 때문이다. 자기 합리화는 나를 눈감는 일이다. 그러고서는 바른 길을 가기 어렵다. 이런 이야기가 있다.

한 작은 마을의 빵 굽는 사람이 가까운 농부로부터 자신이 쓸 버터를 구입했다. 그런데 하루는 그날 산 버터 덩어리가 아무래도 정량에 미치지 못하는 것 같았다. 저울에 달아보았더니 그의 느낌대로 정량에 모자랐다. 화가 난 그는 농부를 사기죄로 고발했다. 농부는 곧 체포되었고, 법정에서 시비를 가리게 되어 판사가 농부에게 물었다.

"피고는 저울을 쓰고 있지 않나요?"
"예, 판사님. 저는 저울을 사용하지 않습니다."
판사가 의아한 표정으로 물었다.
"그렇다면 어떻게 무게를 달아 판다는 말인가요?"
농부가 대답했다.

"간단합니다. 저는 빵 굽는 사람에게서 산 1파운드짜리 빵 덩어리로 물건의 무게를 재는 방법을 사용하고 있습니다."

'모두가 아는 것은 그도 알고 있다'는 미국 속담이 있다. 빵 굽는 사람은 이미 정량보다 적게 빵을 만들어 팔아왔다. 누가 모르겠는가. 버터 장수도 역시 누구나 하는 생각대로 이쯤이야, 하면서 눈을 속였다. 이 간극을 해결하려면 상대의 입장에서 생각해보는 훈련이 필요하다. 같은 공간에 살아가는 우리는 함께 살아가는 덕을 쌓는 것이 각자의 행복에도 유리하다. 혼자서 꾸는 꿈은 꿈에 그치고 말지만, 모두가 함께 꾸면 새로운 세상의 시작이 되기 때문이다.

고양이 눈 시계

옛 일본 사람들은 고양이의 눈을 보고 시간을 가늠했다고 한다. 날의 밝기에 따라 눈동자 크기가 달라지는 고양이만의 독특한 시간 본능을 일찌감치 눈치챈 것이다. 고양이 눈동자는 새벽녘과 해질녘에 가장 동그랗게 열리고, 날이 밝아지면서부터 세로로 가늘어지기 시작하여 정오 무렵이면 바늘처럼 가늘어진다. 닌자(자객)는 정보를 염탐하기 위해 상대편 건물에 숨어들어 몇 시간이나 몰래 가만히 있어야 했는데, 어둠 속에 숨어있다 보면 도통 시간을 알 수 없어 고양이 한 마리를 품고 간다는 이야기가 전해진다.

　　고양이가 나에게 온 뒤부터 나에게도 시간의 속도를 재는 새로운 습관이 생겼다. 언제 고양이를 만났는지부터 시간을 헤아리는 것이다. 산중으로 내려왔던 첫 겨울에 나와 냥이는 인연이 되었다. 그것은 사전 지식도 없이, 고양이를 길러볼 마음이라곤 토끼의 뿔을 생각하는 것만큼이나 있을 수 없는 일이었다. 춥고 배고픈 산중의 겨울에 어디를 가겠는가 싶어서 돌봐준 것이 식구가 되어버린 것이다.

　나는 고양이가 봄이 되면 갈 줄 알았다. 그래서 서로 고독하기는 마찬가지니 겨울 동안의 이야기나 써볼까 했던 것이 두 해 전 출판으로 이어졌고, 적잖은 관심을 받기도 했다. 일간지 서평을 위해 인터뷰를 했던 C일보의 K기자는 헤어지는 자리에서 능치듯 '2탄을 기대하겠다'는 말을 했지만, 가능한 일로 여겨지지도 않았다.

　한편 냥이는 봄이 되어도 여름이 되어도 갈 생각이 없어 보였고, 심지어 그 무렵 미국에 일이 있어 20여 일 자리를 비웠어도 꿈쩍하지 않았다. 나에 대한 냥이의 신뢰였을까? '좋다, 같이 한번 살아보자' 하고 마음에 결정을 한 것도 그때였다. 산중의 여름나기도 겨울나기와 도긴개긴이요, 한식에 죽으나 청명에 죽으나 하는 꼴로 별 차이 없이 버겁다. 특히 여름엔 모기만 없어도 살겠는데 불편하기가 이루 말할 수 없었다. 어차피 열기와 습기에 일찍 잠자리에 들기도 어려운 처지인지라 뭔가 일거리가 필요하기도 했다. 그래서 시작한 것이 '냥이와의 여름 이야기'였다. 요즘은 폭염의 연속이라서 도대체 이 털북숭이 친구는 어떻게 여름을 나는지 호기심도 없지 않았다. 그런데 고양이라는 이 동물은 자신을 둘러싸고 변화하는 환경에 스스로를 적절히 안배하며 전혀 무리 없이 살아가는 요령이 있었다. 갓 입소한 훈련병이 지급된 신발이 발에 맞지 않는다고 바꿔 달라고 하면 발을 신발에 맞추라는 군대식의 진리(?)가 군인을 만들어가듯이 아주 최소한의 것으로도 생존해가는 비결이 또한 이들에게는 있는 듯 했다.

지중해의 성자로 추앙받았던 다스칼로스는 자신이 4천 년 전에 고대 이집트 성전의 사제였던 때부터의 여러 전생을 기억하는 인물인데, 그의 책에서 읽은 사람의 카르마와 영적 세계에 대한 이야기는 여러 가지로 많은 도움이 되었다. 특히 우리의 존재를 3차원 육체(gross material body)-4차원 심령체(psychic body)-5차원 이지체(noetic body)의 차크라로 비유한 설명은 그간의 여러 의문을 깨닫게 해주었다. 그리고 좋은 동기와 선업을 쌓고 이타행을 하며 착하게 살려는 의지가 얼마나 중요하고 어려운 일인지 실감할 수 있었다.

그러고 보면 냥이와 지내면서 특별한 경험도 없지 않았다. 한번은 장마 중의 어느 오후였다. 산행을 다녀오느라 많은 땀을 흘려서인지 몸이 무척 지쳤다. 응접실에서 잠깐 쉰다는 것이 잠이 깊이 들었고 먹구름에 해가 가려 날이 어둑어둑해져 있었다. 잠이 덜 깬 상태에서 벗어놓은 안경을 찾느라 손을 이리저리 더듬고 있는 참이었다. 어느 틈에 들어와 있었는지 냥이가 보이는데, '저기 있잖아!' 하는 냥이의 말이 들렸다. 아주 짧은 순간의 일이라 냥이가 말하는 대로 손을 뻗었더니 안경이 손에 잡혔다. 난 정신이 돌아와 냥이를 물끄러미 쳐다보며 '저 녀석 뭐지?' 하는 생각이 들었고 냥이는 나를 계속해서 바라보고 있었다. 3년의 시간 동안 딱 한 번 이뤄진 교감이었다. 그 후 가끔 '저기 있잖아' 했던 냥이의 어투를 떠올려보며 냥이는 저런 식으로 나에게 말하나 보다 하는 생각을 해볼 때가 있다. 경어도 아니고 관계의 높낮이가 없는 어투. 우리는 나이 차이가 많이 나거나 초면의 상대를 대할 때면 경어에 가까운 정중한 어법을 쓴다. 또 나를 주인으로 인식했다면 존댓말을 썼을 테지. 그런데 냥이의 그 말투대로라면 존재 대 존재 같은 일대일의 관계에서 할 수 있는 말이다. 아니면 이제 너무 친밀해져서 아주 편하게 직관적으로 말한 것인가? 어쨌든 냥이가 그런 식으로 말해줘서 좋다.

　'냥이, 네가 어떻게 부르건 난 괜찮아.'

세 번째 이야기

완벽함

함께 있을 때도,
혼자 있을 때도,
우리는 완전하다는 걸
기억해

3대 의사, 자연·시간·인내

태풍 전야만 고요할까. 태풍이 지난 후에 맞는 아침도 고요함을 알겠다. 동이 터오는 하늘은 엷은 먹구름이 퍼져 있어서인지 아직 잠에서 덜 깬 듯한 느낌을 자아냈다. 하늘은 회복기에 든 환자의 얼굴처럼 여전히 창백한 기운이 남아 있었다. 이제 바람도 없고 비는 더 이상 오지 않을 듯하다. 비바람이 치는 동안 내 곁에 바짝 붙어서 의지처를 삼던 냥이는 이제 뜰이나 마루에 나가 시원한 바람을 맞으며 홀로 시간을 보낸다. 태풍이 지난 후라 그런지, 다시 시작된 이 한정적인 공간에서의 반복적인 일들이 냥이에게는 새로운 시작처럼 느껴지는 듯했다. 냥이의 한결 가벼워진 걸음과 어딘가 신선해 보이는 표정에 내 마음에도 시원한 바람이 통과하는 듯했다.

영국의 과학 전문지 〈네이처〉는 인류 역사를 바꾼 세계의 천재 10명을 선정해 발표한 적이 있다. 그 첫 주자가 레오나르도 다 빈치였고, 셰익스피어, 괴테가 뒤를 이었다. 천재에게는 풍부한 창의력, 심원한 지성, 그리고 유쾌하고 세련된 취향이라는 세 가지 특징이 있다고 한다. 괴테는 지능(IQ)이 190 정도로 추정되는데, 그의 천재적인 지능은 어머니의 독특한 독서지도법에 힘입은 걸로 본다고 한다. 괴테의 어머니는 특별한 방법으로 밤마다 동화를 읽어주었다. 클라이맥스까지 읽어주고는 다음 이야기를 고대하는 어린 괴테에게 이렇게 제시하는 방식이었다.

"얘야, 그 다음은 네가 완성해보면 어떨까?"

괴테는 다음 이야기를 맞추느라 늘 생각에 잠겨 있었다고 한다. 하긴 보르헤스도 괴테를 일러 '그는 늘 생각을 하고 있는 것 같다'라고 평하기도 했는데, 괴테는 항상 그랬던가 보다. 한번은 괴테가 어머니에게 이렇게 말했다.

"어머니, 어제 해주신 이야기는 두 가지 결론이 있어요. 하나는 해적이 공주를 구해 오랫동안 행복하게 사는 것이고, 또 하나는 공주를 자기 나라로 보내주는 거지요. 어머니는 어느 쪽이 더 맘에 드세요?"

어머니는 이렇게 대답했다.

"네 마음이 가는 대로 하렴. 작가란 하나님처럼 세상을 창조하는 사람이란다."

괴테의 작품을 원어가 아닌 번역을 통해 보는 것이지만 확실히 그의 문체는 남다른 면이 있다. 과연 천재적인 작가는 우리와 어떤 면이 다른지 더욱 세심하게 읽게 된다. 괴테는 독자에게는 세 가지 유형이 있다고 하면서 이렇게 구분했다.

첫째, 판단하지 않고 즐기는 유형
둘째, 즐기지 않고 판단하는 유형
셋째, 즐기면서 판단하고 판단하면서 즐기는 유형

그러면서 이 마지막 유형이 예술작품을 진정으로 완전히 만들어낸다고 했다. '판단'은 이성적, '즐김'은 감성적인 영역이다. 판단은 책을 읽으면서 이해하는 일이다. 그렇다면 즐기는 것은 무엇인가. 책 자체의 즐거움이다. 아이스크림을 먹으면 달고 향긋한 그 자체에 빠져들어 설명할 필요를 느끼지 않는다. 이 일체감이 즐거움의 비결이다. 한 덩어리를 이루는 것이다. 책은 바라만 봐도 좋고, 내용을 펼쳐 한 줄 한 줄 파도를 타고 작가의 속삭임 속으로 들어가는 여행이어서 좋다. 그래서 독서를 여행에 비유하기도 한다.

세상은 우리가 읽고 배워야 할 한 권의 책과 같다. 세상의 이곳저곳을 편력하는 사람이 여행자라면 책을 읽는 사람은 독자가 된다. 이런 까닭에 독자는 세상을 여행한다는 자부심을 가져야 한다. 시간과 공간을 초월한 여행은 독서를 통해 가능하며 그 환상적인 여행은 도서관의 통로를 따라가며 시작된다. 미로 같은 책장들 사이를 지나 도서관의 가장 깊은 곳에는 누가 있을까? 어느 도서관이나 건물 입구에는 경비원이 있고 실내로 들어가면 신분을 확인하거나 도서출납을 관리하는 사서들의 공간이 있다. 그리고 카트에 책을 싣고 돌아다니며 책꽂이의 책들을 끼워 넣는 또 다른 사서가 있다. 독서가들은 홀에 놓인 테이블에서 방해받지 않는 절대독존의 위엄을 누린다. 세상의 어떤 도서관이건 가장 깊은 벽은 있다. 세상의 모든 책들을 줄 세우며 첫 자리를 차지한 인물은 아무래도 호메로스일 것이다. 그의 양손에는 《일리아드》와 《오딧세이아》가 각각 들려져 있겠지! 그는 두 책에서 무엇을 말하고자 하는가. 호메로스는 서사시라고 하는 반복되는 시적 비유를 통해서 삶은 부숴지기 쉽고, 사랑은 마음에 상처를 주어 고통을 겪게 만들고, 그리고 죽음은 공평하게 어느 누구에게나 어김없이 찾아온다는 것을 말하려고 한다. 우리는 동업 중생으로서 나의 욕망과 타인의 욕망이 겹치며 나의 분노와 상대의 복수의 칼이 부딪치며 불꽃을 일으킬 수 있다. 그런 까닭에 화해와 용서가 가능하다는 삶의 안목을 배워야 한다.

달라이 라마 존자는 '고통 없이는 어떠한 아름다운 것도 얻을 수 없다'라고 했다. 그러면서 자기중심적인 생각이 고통의 원천이며 타인의 안녕에 관한 연민과 관심이 행복의 근원임을 항상 마음에 새길 것을 당부했다. 마찬가지로 호메로스 안에서 진정한 승리자란 있을 수 없다는 메시지를 놓치면 호메로스를 제대로 읽은 게 아니다.

호메로스가 서고 가장 안쪽에 있다는 말은 서사시가 독서의 시작이라는 말과 다르지 않다. 애덤 니컬슨은 《지금, 호메로스를 읽어야 하는 이유》에서 '서사시가 지향하는 목표는 머나먼 과거를 바로 우리 자신의 삶에 중요한 의미를 주는 것으로 만드는 것, 오래전에 만들어진 위대한 이야기들이 지금도 아름답고 고통스럽게 느껴지도록 만드는 것'이라고 정의했다. 이 말은 우리가 겪는 개인이건 사회적이건 모든 갈등의 뿌리는 시대와 사람을 초월하여 하나로 관통하는 문제이며, 보편적인 원리로서 여전히 유효하다는 뜻이다. 고통과 갈등이 존재의 중심에 있기 때문에 인생은 어쩔 수 없이 불편한 것이다!

아무리 산더미같이 쌓인 책이라 해도 종이와 활자로 메우지 못하는 미지의 공간이 있다. 내가 즐겨 찾았고, 세상에서 가장 행복한 사람이라는 기분으로 앉아 있곤 했던 서울 남산 자락의 동국대 도서관에서도 난 그 상상을 매번 했다. 고서나 희귀본들이 삼중 사중으로 보호막이 쳐진 도서관의 별도 공간에서 잠들어 있듯이 우주의 무중력 공간처럼 차원을 달리한 세계가 활자 너머에 있다. 그곳으로 들어가는 입구에서 열쇠를 쥐고서 문을 열어주는 사람이 있다. 누구일까? 서고의 불빛이 닿지 않은 어두운 곳에서 기억만으로 책을 되짚어 머릿속으로만 읽어갈 수 있는 눈먼 노인이 있다. 보르헤스, 난 그가 보르헤스일 것으로 믿는다. 어쩌면 통행료는 눈먼 그를 위해 책을 단 한 페이지라도 읽어주는 것으로 대신할 수 있을 것이다. 그러니까 그 세계로 들어가는 문은 황금이 아니라 황금도 눈멀게 하는 경청 어린 따뜻한 마음이 열쇠다.

황금도 뜨거우면 황금도 녹는다! 여기 선종에서 사랑받는 뜨거운 게송이 하나 있다.

나에게 한 권의 경이 있으니	我有一卷經
종이와 먹으로 된 것이 아니다	不因紙墨成
펼쳐봐도 한 글자 없으나	展開無一子
항상 광명을 놓는구나	常放大光明

여기서 말한 경전은 마음으로 된 경전, 심경이다. 당연히 종이도 아니고 활자도 없다. 그래도 경전이고 책이니 펴봐야 한다. 새겨진 활자가 없다. 글이 없으니 뜻도 없을까. 그런데 대광명이 퍼져 나온다. 광명은 글의 가치만큼 밝은 법이다. 뜻을 살리지 못하면 광명이 없고 뜻이 살면 활자가 춤을 추고 빛이 생성된다. 이 게송을 잊지 않은 이유는 군대를 마치고(나는 일찍 출가해서 2년 정도 절에 있다가 군대를 갔다) 다녀와 은사스님께 인사를 드렸더니 제대 선물이라며 이 게송을 써주셨다. 그때는 좀 맹숭맹숭했는데 시간이 갈수록 깊은 울림을 준다. 내가 책과 문자와 활자를 사랑하면서도 궁극의 지향점은 언어문자를 넘어선 대자유의 세계이고 나의 꿈이기도 하다. 보르헤스는 전문 불교학자는 아니지만 불교와 관련한 여러 저술이 있다. 만약 보르헤스가 이 게송을 봤으면 얼마나 좋아했을까 하는 즐거운 상상을 해본다. 그는 뛸 듯이 좋아했을 것이다. 그러면서 이렇게 말했겠지.

　　"세상에, 믿을 수 없어요. 누가 나를 위해 일찍이 이런 말씀을 주셨군요!"

　　어느 세상에서 그를 만난다면 내가 그분을 위해 드릴 선물은 이 게송이 될 것이다. 보르헤스에게 축복을! 활자와 활자가 없는 경계에도 보르헤스의 시선을 넘어 호메로스가 보고 있을 것이다. 그 둘은 공평하게도 앞을 보지 못하니 다툴 일이 없다. 세상의 제일 불행은 부족한 사람끼리 서로의 부족함을 질타하며 비웃는 것이다. 자기도 없으면서, 자기도 못하는 일을 방해하고 폄하하는 일이라니!

　　호메로스가 빛나는 이유는 그가 인간의 삶을 더 넓게 생각했기 때문이다. 아킬레우스는 분신과 다름없는 친구의 죽음 때문에 분노로 무장하고 나선 전쟁에서 헥토르를 죽임으로써 복수에 성공하지만, 전사 아들의 시체만이라도 돌려달라는 트로이의 왕이자 적장의 아버지인 프리아모스의 눈물을 외면하지 못한다. 왜 그런가. 프리아모스는 아킬레우스를 보면서 아들을 생각하고, 아킬레우스는 프리아모스를 보면서 자신의 아버지를 떠올렸기 때문이다. 그들은 부둥켜안고 통곡한다. 그리고 그 아들의 시신을 넘긴다. 보살이 남의 아픔을 자신의 아픔으로 보는 것처럼 일리아드의 영웅은 자신의 분노를 극복한다. 호메로스는 다른 사람의 명예 때문에 눈물을 흘리는 사람들을 잊지 않았던 것이다. 남의 명예를 존중해줄 수 있는 사람은 귀한 사람이다.

아리스토텔레스는 아테네의 적으로 몰려 죽임을 당할
위험에 처하자, 나는 아테네인들이 두 번 다시 철학에 대항하
여 죄짓기를 원하지 않는다라고 하면서 몸을 피했다. 그는 철
학과 아테네라는 도시를 동시에 사랑한 사람이었다. 어느 하
나만 가볍게 생각해도 처신이 달랐을 것이다. 그러나 그는 철
학을 사랑했고 아테네라는 도시국가를 사랑했기 때문에 어쩌
면 구차해보일 수도 있는 도주의 길을 택했다. 나는 이 이야기
를 떠올릴 때마다 내가 속한 공동체를 위해 나는 어떤 길을 택
할 수 있을까 하는 고민이 있다.

'성공의 그늘에서 오랫동안 머물러선 안 된다'는 것은
《사기》를 쓴 사마천의 말이다. 세상을 살다보면 오르막과 내
리막이 있으며 꽃과 열매와 낙엽귀근(落葉歸根)의 때가 있다.
사람은 누구나 나이의 무게를 인정하고 받아들여야 한다. 자
연에도 때가 있는 것처럼 인생에도 시기가 있다. '청년기에는
주관이 지배하고 노년기에는 사색이 지배한다'는 말이 있다.
젊어서는 혈기가 왕성하여 거침없이 거슬러 역주행도 마다하
지 않지만 그 기세가 노년까지 넘어와서는 곤란하다. 장년기를
지나 노년기는 그런 삶이 아니다. 노년의 사색은 젊은이들이
이해하기 어려운 세계다.

사물은 각자의 마음이 있다. 산의 마음은 부동하고 강의
마음은 흐르려고 할 것이며 과일의 마음은 달게 익어가려 한

다. 밤은 더 어둡고 낮은 더 빛나려고 하며, 꽃은 더 예쁘게 피어나려 한다. 우리는 이렇게 사물을 인간의 마음에 비추어 추론해낼 수 있다. 사십 세까지는 잘 되지 않는데 오십 세부터는 혼자 있을 수 있고 혼자 바라보며 혼자 대화할 수 있다. 그게 참 묘하다. 화단을 가꾸는 사람이 하루 종일 화초 속에 있으면서도 지루한 줄 모른다. 꽃의 마음이 전해지기 때문이다. 수석을 하는 사람은 돌덩이 하나를 놓고 하루 종일 바라보면서도 바보 같다는 생각이 없다. 신기하게도 오십이 되면 그런 힘이 생긴다. 그 말은 오십이 되면 그렇게 할 줄 알아야 한다는 말이기도 하다. 혼자서 바라보고 혼자서 생각하기가 오십 이후 노년을 살아가는 비결이다.

사마천이 말하듯 성공의 그늘이 아니라도 과거의 삶과 기억으로부터도 자유로워져야 한다. 과거의 실수와 잘못은 참회하면 된다. 그리고 밝게 밖으로 나와 자연을 보고 사람을 마주하고 시간을 잘 관리하면서 유쾌하게 살아가면 된다. 자연과 시간과 인내는 3대 의사라고 한다는데, 각자 의사 셋을 친구삼아 현명하게 살아갈 생각을 해보라. 물론 냥이도!

할 수 없는 일인가? 하기 싫은 일인가?

바람이 심상치 않다.

뉴스를 찾아보니 태풍 솔릭이 시속 4km의 느린 속도로 제주 북서쪽 해상을 지나고 있다 한다. 여기에 강풍과 폭우도 예보되어 피해가 많을 거라는 기사도 따라붙었다. 습도가 높아서인지 평소에는 별로 눈에 띄지 않던 파리가 서너 마리나 방 여기저기 날아다닌다. 날이 선선해지기도 했고 습하기도 해서 불을 조금 넣은 것이 파리에게도 따뜻하고 좋은 모양이다. 태풍이 오면 산중의 절은 기왓장이 바람에 날리거나 흘러내려서 걱정이 많다. 태풍이 상륙한 첫날이라 아직 피해를 입지는 않았지만 오후 내내 밖을 내다보며 바람을 살폈다. 낮에는 밖이라도 보면서 비바람의 강도를 확인해볼 수 있어서 그나마 낫다. 일찍부터 어둑어둑해진 산중에 나뭇잎을 훑어낼 듯이 바람이 거칠게 불어대고, 장대비가 바람에 실려 불규칙적으로 쏴-쏴 퍼부어대니 이 소란으로 귓속까지 먹먹해진다.

냥이는 아침에 잠깐 얼굴을 보이고서 창고의 박스 집에 들어가더니 저녁 무렵에, 그것도 얘가 죽었나 살았나 하면서 찾아들어갈 때까지 움직이질 않았다. 지금까지의 경험에 비춰보면, 냥이는 우산에 비가 떨어지는 소리를 무서워한다. 내가 창고에 우산을 받치고 들어갔을 때도 냥이가 먼저 놀라는 표정을 하면서 자꾸 우산을 올려다봤다. 한 손에 우산을 들고 한 손은 냥이의 배에 손을 받쳐 떠올리듯이 허리춤에 안고는 빗물이 고인 마당을 건넜다. 하루 종일 아무것도 먹지 않아서인지 사료를 먹고 물도 먹었다. 평소 빗질을 해주던 바닥이 젖어서 처마 안쪽 비가 들치지 않은 곳에서 빗질을 해주었다. 냥이는 밖의 소란이 의심스러운지 두 눈을 크게 뜨고 숲 여기저기를 살폈다. 하얗고 보드라운 배가 가파르게 오르내리기를 반복하는 것으로 봐서 오늘의 이런 날씨가 마냥 편하지는 않은 듯했다.

　　남매 고양이는 어디서 이 비바람을 피하고 있는지 아침에 채워놓은 사료는 입을 댄 흔적 없이 그대로였다. 날이 더 어두워지기 전에 새끼고양이들 밥을 주기 위해 나섰다. 날이 저물면서 태풍이 더욱 날을 세웠다. 우산을 썼다고는 해도 잠깐 사이에 바짓단과 신발이 젖어들면서 축축해졌다. 돌무더기가 있는 풀숲에 들어서자 눈병 난 새끼고양이를 포획하기 위해 놓아두었던 철망이 보이지 않았다. 전화는 없었는데 낮에 축산과 직원이 다녀간 것으로 생각되었다. 사료 그릇에는 물이 가득 차 있었다. 물을 비우자 사료가 미숫가루처럼 노랗게 바닥에 깔려 있었다. 수각으로 가서 그릇을 씻고 물기를 없앤 후에 비가 들치지 않는 처마 안쪽 벽 가까이 그릇을 내려놓고 사료를 가득 부었다. 산중에서 동물들을 가까이 해보면 산다는 것이 얼마나 많은 난관을 헤쳐 나가야 하는 일인지 알게 되기 때문에 그들을 외면하기 어렵다. 그렇다고 사람 손에 들어오는 것도 아니어서 보살펴 줄 마음이 있다면 그냥 멀리서 지켜보면 된다. 이 점이 아쉽기는 하지만 동물이 편안하고 위협을 느끼지 않을 터라서 그들이 좋아하는 방식대로 해줘야 한다.

생명을 존귀하게 생각하고 사랑하는 것은 누구나 알지만 행동에 옮기는 것은 쉽지 않다. 실천은 항상 용기가 따른다. 흔히 우리의 의지 너머의 일이라 해도 그것이 과연 할 수 없는 것인지 하기 싫은 것인지에 따라 성격이 전혀 달라진다. 《초발심자경문》에는 이런 내용이 나온다.

다만 하지 않을 뿐이지	但不爲也
못하는 것은 아니다	非不能也
옛 사람이 이르길	古曰
도가 사람을 멀리하는 것이 아니라	道不遠人
사람이 도를 멀리하는 것이다.	人自遠矣

인간 의지의 한계를 가늠하기 어렵다. 분명한 것은 어렵다고 생각한 그 자체가 하나의 벽을 만든다는 사실이다. 심리적인 벽은 결국 물리적인 벽으로 나타난다. 도가 사람을 멀리하는 것이 아니라 사람이 도를 멀리한다고 했다. 이것이 인간의 병폐다. 도는 가까운 데 있다는 것은 중국철학사상의 중요한 관점이다. 가능하니까 수양을 하고 도를 닦는다. 불가능하다면

어떻게 권할 수 있겠는가. 우리가 가지는 경이로운 능력 중의 하나는 남의 마음을 헤아려 아는 것이다. 남의 마음을 헤아리려면 집중해서 볼 수 있어야 한다.

초기경전에 나오는 '집중하는 사람은 있는 그대로 사물을 본다'는 말이 의미심장하다. 일의 성취는 집중하는 능력에서 나온다. 그리고 집중하기 때문에 어떤 일이든 잘 판단해낸다. 불교 수행의 시작과 끝은 마음을 챙기고 지켜봄이다. 마음을 챙긴다는 뜻은 마음을 잘 제어한다는 의미다. 무엇으로부터 제어하느냐면 탐내고 성내고 어리석은 삼독심으로부터다. 그런데 셋은 한 얼굴이지 다른 모습이 아니다. 탐욕이 있으면 화를 잘 내고 어리석은 행동을 한다. 또 화는 자기의 욕심대로 되지 않으니까 분출하는 불만족이 가장 큰 원인이고 어리석음이다. 그리고 어리석으면 탐욕을 부리고 분노함으로써 모든 공덕을 불살라버린다. 세상의 모든 종교와 현자들이 가장 경계하도록 가르치는 것 중의 첫째가 화를 다스리는 일이다. 화를 다스리려면 어떻게 해야 할까?

우리는 화를 내면서 그 분노를 즐기고, 그 분노 속에서 스스로 영웅이 되려 하는지도 모른다. 하지만 그 짙은 마음의 어둠은 우리를 포로로 삼아버린다. 화를 뜻하는 'anger'의 본래 의미는 곤란, 고뇌, 고통이라고 한다. 분노는 고통이고, 고통을 느끼기 때문에 고뇌가 되고, 남에게 고통을 가하는 방식으로 고통을 덜어내려 한다. 성내더라도 죄는 짓지 말아야 한다. 그리고 해질 때까지 노여움을 품고 있어서는 곤란하다. 낮의 일이 있고 밤의 일이 있으니까. 그치지 않는 비는 없고 동트지 않는 밤은 없다. 궁지에 탈출하는 가장 좋은 방법도 느긋함이다. 그 무엇도 성급하게 하지 말라는 명령은 어디서나 적용될 수 있다. 화가 날 때 마음을 누그러뜨리고 기다려 보면 내가 화내는 이유와 실제의 상황이 많이 다른 경우가 얼마든지 있다. 만약 그런 순간에 화를 참지 못하고 말을 뱉고 나면 후회할 일이 많다. 경전에서 '화는 공덕을 불살라버린다'고 한 이유가 여기에 있다. 상대에 대한 적개심이나 분노가 일어나면 마음을 가라앉히기가 여간해서는 어렵다.

마음수행은 항상 예비적이어야 함을 기억해야 한다. 그렇다면 스스로에게나 남에 대해서나 어떻게 하면 삼독심을 표출하지 않고 마음의 평화를 유지할 수 있을지가 관건이다. 화를 다스리는 묘약은 결국 사랑🐱과 자비🐱밖에 없다. 달라이라마 존자는 두 가지 진정한 행복의 원인을 이렇게 설명했다. 누

🐱 사랑 : 다른 사람의 행복을 바라는 것
🐱 자비 : 고통받는 사람이 그 상태에서 벗어나도록 순수한
　　　　마음으로 돕는 것

구나 행복을 키우는 자기만의 방법들을 찾아야 한다면서.

　　이타적인 마음의 핵심은 타인이 행복하기를 바라는 마음이다. 그리고 그렇게 되기를 돕는 일이다. 명상을 할 때도 타인의 사랑에 대해 명상하면 뇌의 전전두엽 피질이 가장 밝게 빛난다고 한다. 뇌과학자들이 행복의 감정을 느끼는 부위이면서 명상의 효과로 주목하는 부분이 전두엽이다. 삶의 행복을 일구려면 이타행, 타인에 대한 배려의 마음을 실천하는 것이 중요하다. 관심이야말로 우리가 타인에게 줄 수 있는 가장 큰 찬사다. 수행에서 깨달음이 의미하는 것은 순수함이다. 모든 살아있는 존재가 함께 행복하기를 바라는 마음이다. 이 순수한 마음이 커지면 깨달음은 저절로 온다. 이타행은 우리 마음속에 있는 하나의 부드러운 충동이기도 하다.

　　사람의 생각은 혼자 놔두면 외롭고 무력하다. 우리의 영혼을 온화하게 만들어주고 희생을 가르쳐주는 이 순수한 마음은 항상 삼독심이 방해꾼이다. 남의 마음속에 들어있는 걸 어떻게 알 것인가. 그런데 그것을 헤아려 안다고 했다. 처지가 같으면 상대의 마음이 헤아려진다. 입장을 바꿔놓고 생각해보라는 항간의 말이 진리다. 그래서 상대의 마음에 귀를 기울여보면 뜻밖의 소리를 들을 수 있다. 그래서 그랬을까. 나쓰메 소세키는 《나는 고양이로소이다》에서 '무사태평하게 보이는 사람들도 마음속 깊은 곳을 두드려보면 어딘가 슬픈 소리가 난다'

라고 고양이가 바라보는 인간의 마음을 풍자했다.

관계가 성립되면 돌보는 태도가 생긴다. 고양이도 인간을 그렇게 느꼈던 것일까.

냥이, 우리 어떻게 헤어지지?

바람이 없다.

　도대체 하루 종일 바람 한 점 불지 않는다. 바람이 없으니 사방이 고요하여 수상한 느낌마저 든다. 바람이 불면 햇살도 흔들리며 내려앉지만 그렇지 않으니 오븐기에 들어간 채소처럼 조용히 푹 익는 심정이다. 더위를 이겨보려는 생각 자체도 내려놓으니 의외로 여름이 평온해진다.

　심상찮은 기분은 냥이도 마찬가지일까. 움직일 때도 그늘진 건물 벽을 따라 다니고, 쉴 때는 바람 잘 통하는 높은 곳에서 꼼짝을 않는다. 내가 산행을 나서면서 창고를 열어두면 안쪽 선반 높이에 마련된 박스 집에서 잠을 잔다. 산에서 돌아오는 정오 무렵에 냥이도 소리를 듣고 나오기도 하지만 기척이 없을 때는 일부러 찾지는 않는다. 시멘트 콘크리트 건물인 창고는 오후로 넘어갈수록 옥상의 열기가 안으로 스며들어 후끈거리기 때문에 냥이도 참지 못하고 밖으로 나와서 나를 찾는다. 그러면 사료를 주고 털을 빗겨주는 냥이와의 일과 하나가 시작된다. 매일 빗겨 주는데도 항상 털이 빠져나온다. 빗을 털 때는 담장 너머 느티나무 밑동에 가볍게 톡톡 치면 털이 빠진다. 빗살 깊이 박힌 털은 손으로 뽑아 나무 주변의 낙엽 더미 속에 묻듯이 덮어준다. 이것은 단순히 냥이의 털 관리뿐만이 아니고 속마음은 따로 있다. 사랑의 마음이 커갈수록 이별의 걱정도 커가는 것에 대한 문제다.

'냥이, 우리 어떻게 헤어지자?'

나는 이런 이별에 익숙하지 않아 마땅한 대처 방법을 알지 못한다. 키우는 동물과 정들면 나중에 힘들어진다고 한다. 그들은 경험해보았기에 하는 말이겠지만, 처음 동물을 돌보는 나는 설마 그럴까, 하면서 주시하고 있다. 생각하기에 따라 슬플 수도 있고, 그래도 나 만나서 호강했을 거라며 쿨하게 보낼 수도 있을 것이다. 분명한 것은 잘 지내면 잘 보낼 수 있다는 믿음 정도는 나에게도 있다. 지금의 나로서는 예단하기가 쉽지 않지만, 걱정이 왜 없겠는가. 그래서 내심 '냥이와의 이별연습'이라 하고는 나무 밑에 털을 묻는 것이다.

사람의 생각이란 게 떨쳐버리려고 애쓰는 만큼 더 달라붙기 때문에 오히려 집착이 커져간다. 인연을 대하는 절집의 관점은 오는 인연 막지 말고 가는 인연 잡지 말라는 것이다. 나도 이 말을 수없이 듣고 살았지만, 그 절충점을 단적으로 말하기는 어렵다. 어디 쯤에서 끊고 이어가야 하는지 깊은 인연관계의 사슬을 보는 혜안이 없으면 알기 어렵다. 그런데 이 막연한 말이 나이가 들면서 절대 무시해서는 안 된다는 안목으로 자라고 있음을 알았다.

굳이 죽음까지 들먹이지 않더라도 가족과의 이별, 친구나 각별한 인연을 맺었던 이들과의 이별은 어렵다. 그래서 불교에서는 생로병사 외에도 사랑하는 사람과의 이별고(離別苦),

원수와 만나는 고통, 구하는 것을 얻지 못하는 괴로움을 합하여 인생의 팔고(八苦)라고 정의한다. 그래서 잘 만나는 것도 좋지만 좋은 것과의 이별도 성숙된 자세로 대할 수 있어야 한다. 팔고를 대하는 가장 지혜로운 안목을 키우려면 '무상(無常)'이라는 자연의 법칙을 깨달아야 한다. 세상의 모든 것은 변한다. 우리가 세상을 알아가는 요긴한 방법은 직접적인 체험이 아니라도 간접경험도 있고 추론이라는 이성적인 판단도 있다. 스스로의 마음에 비춰서 상대의 마음을 이해하는 방식이다. 왜냐하면 우리는 인간이라는 공통의 마음을 가지고 있기 때문이다. 신비주의자들의 말에 의하면 마음이라는 어떤 틀을 통과하지 못하면 인간으로 태어날 수 없다고 한다. 쉽게 말해서 마음을 얻지 못하면 사람이 되지 못하며, 마음을 얻었기에 인간은 공통의 마음작동 원리를 읽는 게 가능하다는 말이 성립된다. 선종에는 이런 법문이 있다.

> 가장 사람의 마음을 아프게 하는 것은
> 할머니의 옷을 빌려 입고 할머니의 나이를 축하함이다.
> 最是惱人腸斷處
> 借婆衫子拜婆年

지금 세계는 공통적으로 일인 가구 추세가 가파르게 상승하는 중이고, 그에 따른 고독사도 사회적인 문제로 대두되고 있다.
위의 글을 보면 할머니의 생신잔치쯤의 정경으로 보인다. 할머니의 저고리를 빌려 입고 할머니께 축수를 해보니 갑자기 할머니의 애환이 밀려왔을 것이다. 늙으면 몸도 줄어든다고 한다. 키도 줄고 몸무게도 준다. 할머니의 저고리를 입어보니 할머니의 몸을 비로소 안다. 그렇다고 할머니의 저고리가 젊은 사람 몸에 들어갈 리 만무하다. 그런 순간이 있다. 모든 기운이 일시에 나와 연결되어 말하지 않아도 모든 것을 알게 되는 순간. 무시당하고 고단했던 삶의 무게는 그 나이가 되어보지 않으면 알 길이 없다. 할머니의 입장이 되어보니 그것은 창자가 끊어지는 듯한 단장의 아픔이다. 사람뿐이랴, 동물도 혈육엔 단장이 있다. 이에 대한 유명한 고사가 《세설신어》에 있다.

진(晉)나라 환온이 촉(蜀)을 정벌하기 위해 여러 척의 배에 군사를 나누어 싣고 가는 도중 양쯔강 중류의 협곡인 삼협(三峽)이라는 곳을 지나게 되었다. 이곳은 쓰촨과 후베이의 경계를 이루는 곳으로 지세가 험하기로 유명하다. 이곳을 지나면서 한 병사가 새끼원숭이 한 마리를 잡아왔다. 그런데 그 원숭이 어미가 환온이 탄 배를 좇아 백여 리를 뒤따라오며 슬피 울었다. 그러다 강어귀가 좁아지는 곳에 이를 즈음에 그 원숭이는 몸을 날려 배 위로 뛰어올랐다. 원숭이는 새끼를 구하려는 일념으로 달려왔기 때문에 배에 오르자마자 죽고 말았다. 배에 있던 병사들이 죽은 원숭이의 배를 갈라보니 창자가 토막토막 끊어져 있었다. 배 안의 사람들은 모두 놀랐고, 이것을 본 환온은 새끼원숭이를 풀어주고 그 원숭이를 잡아왔던 병사를 매질한 다음 내쫓아버렸다.

몇몇 고양이들과 산중에서 마주치며 살아가는 나는 관찰자로서 가능하면 그들의 삶에 개입하지 않고 지켜보는 자세로 지낸다. 바라봄, 그리고 최소한의 돌봄이 내가 세운 원칙이다. 어찌 이곳 야지의 고양이뿐이겠는가. 먹을 것을 찾아 마당까지 내려오는 한겨울의 멧돼지와 고라니 무리, 빈 하늘을 빙글빙글 도는 까마귀들, 빈 사료 그릇에 바글바글 모여 있는 개미떼, 비바람에 이파리가 뜯긴 뜰의 화초들…. 그 모든 곳에 내 마음이 가닿아 있기를, 그러다 어느 순간 적절한 개입이 필요한 순간에 내가 용기를 낼 수 있기만을 바랄 뿐이다. 그 전에 반성하고 용서를 구해야 할 것은 생명의 고결함과 아울러 그들의 처절한 생존에 대한 무지일 터. 하물며 사람의 일이야 더 말할 것이 없다.

당신이 행복과 행복의 원인이기를

"너 누구야?"

내가 냥이를 처음 봤을 때 이렇게 물었다. 한겨울의 산중에, 보도 듣도 못한 떠돌이 냥이가 와서 둥지를 틀었다. 여기서 생의 끝을 보겠다는 결심이라도 했을까. 나를 주인으로, 탑전을 자신의 왕국으로 삼아 살아가기 시작하면서 큰절에서 넘어오는 고양이들과 숱한 결투를 마다하지 않고 치러내면서 경쟁자들을 물리치고 주인이 되었다. 어느 틈에 큰절과 탑전 사이의 담장에 살던 어린 남매 고양이가 탑전을 들락거리더니 냥이를 잘 따르기 시작하여 친한 사이가 되었다. 그들은 냥이를 대장으로 받들기로 한 것인지 항상 냥이를 찾는다. 이제 사료 그릇도 두 개가 되었다. 게다가 "동네 고양이들 다 먹여 살리시게요?"라고 묻던 벌교 사료상회 아저씨의 말이 씨가 되었는지 어미와 새끼고양이 가족까지 적지 않은 고양이들 밥을 챙겨주는 처지가 되었다.

냥이도 이제는 같이 놀아줄 친구들이 있어서 그런지 더이상 큰절에는 가지 않아서 마지막으로 다쳐서 온 날이 언제였는지 기억이 가물가물하다. 태풍 뒤의 폭우가 끝나갈 무렵의 저녁, 새끼고양이들을 살펴보기 위해 통에 사료를 가득 담아 냥이를 데리고 함께 내려가보았다. 돌무더기 틈으로는 아무것도 보이지 않았다. 혹시나 하여 건물 뒤로 돌아갔더니 뒷마루 위에서 어미와 새끼고양이 세 마리가 장난을 치며 놀고 있었다. 너무 반가워 뭐라고 한마디 부르고 싶었는데 나의 기척에 화들짝 놀라며 어미와 새끼 한 마리는 건물 반대쪽으로 달아나고, 다른 새끼 한 마리는 축대 아래로, 또 다른 한 마리는 내 다리 옆을 지나 풀밭으로 몸을 숨겼다. 벌써 두 달 넘게 매일 밥과 물을 주고 마주치기도 하면서 지내왔건만 아직은 시간이 충분치 않은 것인지, 아니면 이 거리감은 결코 좁혀질 수 없는 것인지 알 수 없다. 그래도 태어나 처음 맞은 살인적인 폭염에도 꿋꿋하게 살아가는 새끼고양이 가족이 대견했다. 눈병이 있었던 녀석을 정면에서 보지 못했으니 눈 상태는 알 길이 없다. 얼마 전, 밤에 나갔을 때 랜턴 불빛에 한쪽 눈만 반사된 것으로 봐서 한쪽 눈은 실명했으리라 여겨지지만, 그나마 훌쩍훌쩍 뛰어다니는 걸로 봐서 다른 병으로 전이되지는 않은 듯했다. 그만하면 다행이지! 스스로 위안 삼으면서 여름을 잘 나고 있는 것에 대해 고마워했다.

언제쯤 고양이들에게 가을은 살만하단다, 하고 안심시켜 줄 수 있을까. 그리고 산중의 가을은 짧으니까 얼른얼른 자라서 겨울을 나야 한다는 주의도 주고 싶다. 겨울이 올 즈음이면 새끼고양이도 다 커서 각자 눈여겨둔 곳을 찾아 흩어질지, 아니면 계속 내 보살핌에 의지하여 겨울을 나게 될지, 사뭇 진지하게 생각하면서 발길을 돌렸다.

냥이는 새끼고양이들에 대해 별로 흥미가 없는지 뒤따

라오지 않고 입구 해탈교의 연꽃봉오리 조각 위에 앉아 나를 기다렸다. 내가 내려가자 하품을 하고 몸을 쭉-쭉 앞으로 뒤로 늘인 후에 펄쩍 뛰어 따라붙었다.

사람에게 말을 하는 것도 아니고 그저 할 수 있는 게 작은 몸짓과 울음소리로 마음을 표현하며 살아가는 동물들이 가끔은 애처롭다. 그들을 보고 연민이 일어나지 않을 수 없다. 사랑은 사랑하는 이의 진정한 행복을 염원한다. 사랑은 반드시 연민을 동반한다. 그리고 연민은 사랑하는 이가 괴로움을 겪지 않기를 염원한다. 보살은 중생을 생각하면 아프다. 그래서 남을 위한 기도는 남의 잘못을 용서받도록 하는 기도로 귀착된다. 예수님이 십자가에 못 박히면서도 이런 기도를 올리지 않던가.

"저들을 용서하소서! 저들은 자기들이 무슨 일을 저지르고 있는지를 알지 못하나이다."

심리학자 다니엘 골먼은 '공감은 인간의 잔혹성을 억제한다'라고 말했다. 분노는 타인에 의한 것도 있지만 스스로의 불만족이 원인으로 작용하는 경우가 더 많다. 행동을 바꾸려면 더욱 창의적으로 사고해야 한다고 전문가들은 조언한다. 이것은 행동 변화의 중요한 원칙이기도 하다. 우리는 자신의 삶을 어떻게 영위해 나아갈 것인가. 행복한 인생을 설계하기 위해서는 마음을 잘 다스리고 자연의 질서에 순응하며 지혜롭

게 살아갈 마음의 자세가 필요하다. 고대 티베트 불교에서는
네 가지 적에 대하여 이렇게 구분하여 설명한다.

- 🐱 외부의 적
- 🐱 내부의 적
- 🐱 은밀한 적
- 🐱 자기 혐오

외부의 적은 내가 아닌 바깥 상황과 남이 원인이다. 내부의 적
은 참아내지 못하고 밖으로 표출되고 만다. 예를 들면 분노,
증오, 두려움 같은 파괴적 행동을 야기하는 것들이다. 은밀한
적은 자기 강박과 자기 집착 등이다. 알아차리기도 어렵지만
스스로 아닌 척 없는 척 은폐할 수 있다. 인간에겐 개인의 무의
식이 있고 사회적으로는 집단 무의식도 있다. 불교에서는 개
인의 힘으로는 불가항력적이기 때문에 공업(共業)이라고 한다.
여기에는 시대적인 업도 있어서 함께 잘 살아가야 할 이유가
있다. 마지막은 자기 혐오다. 이것이 행복을 방해하고 스스로
행복의 열차에서 뛰어내리도록 충동한다. 악마의 속삭임인데,
그 악마는 나의 분노와 탐욕과 어리석음이라는 삼독심을 먹고
자란다. 이 악마에게 에너지를 공급하지 말아야 한다. 티베트
의 모든 기도는 자비심을 향한다. 모든 수행도 자비심으로 회

향하도록 가르친다. 그리고 그 자비심은 궁극적으로 모든 생명의 행복에 대한 염원이다. 티베트의 기도를 보라.

당신에게 행복과 행복의 원인이 있기를
당신이 고통과 고통의 원인에서 해방되기를

부처님은 당신의 가르침은 '고통과 고통의 소멸에 대한 것'이라고 명쾌하게 말씀하신다. 삶은 분명하다. 행복과 고통의 두 갈래 길을 가는 것이다. 행복으로 가려면 행복의 원인을 쌓아야 한다. 마찬가지로 고통에서 벗어나려면 고통의 원인에서 멀어져야 한다. 행복을 원한다면 이타행에 눈을 떠야 한다. 눈은 한 개보다 두 개가 더 잘 보이고, 크게 뜨면 더 잘 보인다. 타인의 행복에 기여할 수 있는 행위를 실천하는 용기가 필요하다. 그리고 고통의 원인이라면 절대 반복하지 말아야 한다. 같은 일이라도 생각에 따라 많이 달라진다. 태국의 한 스님에 대한 이야기다.

한 스님이 숲 깊이 들어가 명상하기를 원했다. 그래서 아침에 점심을 싸들고 들어가 명상하고 오후 늦게 내려오는 계획을 짰다. 명상을 시작한 지 얼마 되지 않아 원숭이 한 마리가 공양 때가 되면 주변에 얼씬거리며 음식을 달라는 시늉을 했다. 스

222
223

님은 즐거운 마음으로 기꺼이 음식을 나눠먹기 시작했다. 하루는 깜박 잊고 점심을 챙겨오지 못했다. 그래서 그날 하루는 굶기로 작정하고 명상을 시작했다. 점심 무렵 원숭이가 나타났다. 그런데 아무리 소리를 내도 스님이 꼼짝을 하지 않았다. 원숭이는 가까이 다가가 스님을 툭툭 치며 음식을 달라고 했다.

"오늘은 음식을 가져오지 못했다. 그러니 너와 나는 함께 굶어야 한다."

이 말을 알아듣지 못하는 원숭이는 더욱 거칠게 스님을 못살게 굴었다. 스님이 참다못해 저리 가라며 타일러도 원숭이는 괴성을 지르며 난동을 부렸다. 화가 치민 스님은 주변에 있는 나뭇가지를 원숭이를 향해 힘껏 던졌다. 그런데 그 나뭇가지를 맞은 원숭이가 그 자리에서 쓰러지며 죽고 말았다.

이 경우의 판단을 해보자. 이 스님은 평소에는 원숭이에게 음식을 베풀며 선행을 실천하는 듯 하다. 그런데 점심을 가져오지 못한 날, 사정을 알지 못하는 원숭이는 해오던 대로 음식을 달라 했고, 스님은 함께 굶어야 한다고 말했지만 결국 이 일로 인하여 원숭이가 죽고 말았다. 이 이야기의 핵심은 자비심에 관한 생각의 관점이다. 이 스님이 자비심의 가치를 안다면 오히려 원숭이에게 점심을 주지 못하는 사정에 대해 사과를 했어야 한다. 그런데 자신의 잘못을 생각하지 않고 원숭이에게

화를 입히고 말았다. 우리의 일상을 곰곰이 생각해보면 이 이야기가 제공하는 여러 문제의 실마리를 찾을 수 있다. 자비심을 기르는 좋은 방법은 마음의 평정을 유지하는 노력이다. 그래서 발타자르 그라시안은 '결코 마음의 평정을 잃지 마라. 절대 당황하지 않는 것이 지혜의 핵심이다. 그것은 완전하고 고상한 사람의 표시이며 관대함은 쉽게 평정을 잃지 않게 한다'라고 했다. 평정심을 잃지 않아야 관대해진다. 또 관대한 마음이 온화한 성정을 기른다.

내 마음의 행복을 위협하는 삼독심의 네 가지 적을 다스리면서 상대를 향한 용서의 마음과 행복에 대한 염원, 그리고 고통에서 벗어나기를 바라는 기도를 배웠다. 최고의 행복은 스스로 신처럼 자족하며 살아갈 때 얻을 수 있다. 그 다음은 자비심의 지혜를 닦는 일이다. 이 단계에서 삶이 완성된다. 지성과 도덕적 진지함에 대한 것이면서 우리의 삶을 이야기할 때 결코 빠져서는 안 되는 것이 있다. 바로 인간성이다. 우리는 삶의 법칙에 어긋나지 않는 범위 내에서 각자 배우고 익힌 경험과 신념에 따라 살아가야 한다. 우리 마음속에 사랑이 있어서 사랑이 나타나는 것이 아니라 사랑이 실천됨으로써 마음의 사랑이 빛을 발하기 때문이다.

당신은 지금 이 생을 다시 살아도 좋습니까

장마가 지나더니 본격적으로 무더위가 시작될 모양이었다.

비가 그치자 새끼고양이들에게 사료와 물을 주러 갔다. 물그릇을 든 채 돌무더기를 밟고 올라서다가 비에 젖은 돌에 고무신이 미끄러지면서 넘어지고 말았다. 다행히 한쪽 팔꿈치가 쓸리는 정도에서 그쳤다. 저만치 나동그라진 물그릇에 다시 물을 담아놓고는 냥이와 함께 돌아와서 상처에 연고를 바르고는 대수롭지 않게 받아들였다.

다음날 아침, 자꾸 눈을 문지르는 냥이의 동작이 수상해서 들여다봤더니 한쪽 눈자위가 발갛게 부어올라 있었고, 고인 눈물이 한 방울씩 흘러내리기도 했다. 참, 이상하다. 가족이란 게 이럴까 싶은데, 내가 다치면 냥이도 다치고 내가 심란하면 냥이도 밝지가 않다. 그래서 더욱 속상해지는 것은 또 뭔지! 냉장고 맨 위 칸엔 상처에 바르는 약과 안약이 들어있다. 연고와 일회용 밴드 정도가 내 상비약이라면, 연고와 안약이 냥이의 상비약이다.

처음 눈병이 날 때가 냥이와 지내기 시작한지 얼마 되지 않아서였다. 놀라서 아는 분에게 냥이 눈 상태를 사진으로 찍어 근처 동물병원에 알아봐달라고 부탁을 했더니, 빨리 치료하지 않으면 눈이 멀 수도 있다고 했다. 얼마나 놀랐는지 그 길로 순천의 한 동물병원에 갔더니 별거 아니라면서 치료 받고 완쾌가 되었다. 지금도 냥이의 눈이 조금이라도 이상할라치면

맥박이 빨라진다.

동물도 아프면 평소보다 침울하고 말이 없어진 듯해서 여간 신경 쓰이지 않는다. 며칠 지나 냥이도 낫고 내 팔에 난 상처도 딱지가 앉아 더 이상 약을 바르지 않아도 되고 보니, 아무 일없이 평온하던 일상이 고맙게 느껴진다.

누구나 운이 좋기를 갈망하고, 그렇게 해서 만난 운이 있다고 했을 때 그 운이 결과적으로 좋은 것인지는 시간이 지나 봐야 알 수 있다. 사람은 바로 눈앞의 일시적인 유혹에 현혹되기 쉽고 자신에게 유리한 쪽으로 생각하기 마련이어서 더더욱 그렇다.

사람의 운은 죽은 뒤가 아니면 판단하기 어렵다. 같은 값이면 젊어서의 행복보다는 노년의 행복이 중요하다. 젊은 시절의 시행착오는 얼마든지 바로잡을 시간이 있지만, 노년은 그렇지 않다. 시간도 없고 기회도 없다. 어쩌면 젊다는 특권은 이런 것인지도 모른다. 중국 사람들은 인생은 후반부를 보라고 한다. 안온한 노년의 삶이 인생을 잘 마무리하는 지혜라고 할 수 있다. 그렇다고 하여 젊어서 맘껏 지내고 늙어서 비우고 살면 된다고 생각하면 오산이다. 젊어서 훈련이 되고 몸에 배야 행동으로 나온다. 생각해보면 미니멀한 삶은 약방의 감초처럼 모든 상황에 원용되는 듯하다. 핵심은 마음의 절제를 통한 정직한 삶이다. 호자의 이런 이야기가 떠오른다.

호자가 하루는 먼 길을 다녀오는 참이었다. 몸은 고단하고 시장했지만 달리 배를 채울 것도 없었다. 뙤약볕 아래를 종일 걸어 지쳐가던 참에 큰 상수리나무 그늘이 눈에 들어왔다. 호자는 등짐을 벗어 베개 삼아 누웠다. 마침 저만치 떨어진 어느 집 지붕 위에 탐스럽게 열린 큰 박을 보았다.

"신도 불공평하시지, 저 지붕에 달린 박이 이 상수리나무 열매 대신에 열리면 얼마나 좋았겠나."

호자는 이렇게 혼자 중얼거리면서 깜박 잠이 들었다. 마침 시원한 바람까지 불어서 쉬기도 좋았다. 그 바람을 타고 열매 하나가 툭 떨어졌는데 하필이면 호자의 이마 정중앙이었다. 그런데 깜짝 놀라 잠에서 깬 호자가 갑자기 무릎을 꿇고 하늘을 향해 머리를 조아리며 잘못을 빌었다.

"앞으로 신이 하는 일에는 절대 끼어들지 않겠습니다."

그러고는 자리를 털고 일어나 유쾌한 기분으로 집을 향해 발걸음을 옮겼다.

호자는 왜 신의 일에 끼어들지 않겠다고 하면서 잘못을 빌고 그러면서도 유쾌한 기분으로 길을 떠났던 것일까. 호자는 멀리 남의 집 지붕에 열린 커다란 박과 제 눈 앞에 보이는 조그만 상수리 열매가 비교되었을 것이다. 만약 호자의 푸념대로 상수리나무에 커다란 박이 열렸다면 호자는 큰 부상을 당했거나 심지어 죽을 수도 있었다. 그래서 신의 일에 끼어들지 않겠다는 기도를 올렸던 것이다.

운은 일회적인 것이지만 잘 살리면 또 만날 수 있다. 우리는 지금 이 생을 똑같이 다시 살아도 좋다고 느낄 정도로 기쁘고 긍정적으로 살아야 한다. 기회는 늘 지금에 있고 명랑하게 상황을 바라보고 삶을 사랑한다면 원하는 삶을 살 수 있을 것이다. 지금을 잘 산다는 것은 바른 삶을 정직하고 복되게 사는 일이다. 그래서 가능하다면 자신에게서 그치지 말고 사람과 세상을 향해 눈을 돌려보는 것이다. 아름다운 이야기 하나가 생각난다.

프랑스인 두 친구가 아프리카 사막을 횡단하는 여행을 떠났다. 여행이라지만 모험도 없지 않아 그들의 예상보다 사막은 삭막하고 험난했다. 물도 부족하고 사람도 만나기 어려웠다. 두 친구는 죽을 고비를 넘기며 간신히 여행을 마쳤고 사막을 횡단할 수 있었다. 여행을 마친 두 친구는, 어려운 일을 해냈으니 기념할 만한 것을 남기자고 뜻을 모았다. 두 친구는 무엇을 남길 것인지 고민했다:

"우리 두 사람의 이름으로 기념비를 세우는 건 어때?"

친구의 말에 다른 친구는 좀 더 진지한 표정으로 다른 의견을 냈다.

"기념비도 좋지만 우리가 사막을 여행하는 동안 물이 없어 고생했으니 다른 여행객들을 위해 우물을 하나 만드는 건 어떨까?"

두 친구는 서로 자기 의견을 주장하다가 결국엔 그 두 가지를 모두 만들기로 했다. 그래서 사막엔 기념비와 우물이 만들어졌다. 오랜 세월이 흐른 뒤 두 친구는 다시 그 아프리카의 사막을 찾았다. 오랜 모래바람에 기념비는 온데간데없이 사라졌지만, 우물만은 여전히 남아서 여행자들의 목을 축여주고 있었다.

이것을 보면 운도 행복도 한 생각 차이에서 일어남을 알 수 있다. 사막에서 가장 필요한 것은 물이다. 나에게 필요한 것보다 모두가 필요로 하는 일을 실천하는 자세가 행복을 불러들인다. 생각하는 대로 살지 않으면 사는 대로 생각하게 된다고 했다. 이와 같은 자기 아첨의 길은 편할 수는 있어도 궁극의 행복은 되지 않는다. 곡식이 잘 자라려면 비와 바람과 햇빛이 골고루 들어야 한다. 햇빛만 비추면 결국은 사막이 되어버린다. 비바람이 치면 밭이 상하겠지만 뿌리를 뻗어 더욱 튼튼하게 자신을 지탱하며 낟알을 채워간다. 그런 면에서 운은 직선보다는 곡선적인 것이며, 상승할 때도 지그재그로 올라가는지도 모른다. 삶의 보람은 그런 것이다.

고양이는 물방울이다

술을 좋아하는 사람은 해장술이라 하여 간밤의 숙취를 풀기 위해 아침에 다시 술을 입에 댄다. 효과가 있을지 의문스럽지만 영국 사람들도 개털(Hair of the dog)이라고 부르는 해장술의 개념이 있다고 한다. 개에 물렸을 때 그 개의 털을 뽑아 상처에 바르면 낫는다는 속설에 기인하여 술도 그렇게 생각한 것이다. 진정 독서가라면 책을 보다 머리를 식힐 때 어떻게 할까? 이치는 애주가와 다르지 않다. 그냥 쉬는 것이 아니라 주제를 바꿔 다른 장르의 책을 보는 것이다. 이 정도의 경험치를 가슴에 담고 있는 사람이라야 독서가의 반열에 오를 수 있다. 그래서 독서가는 항상 다양한 장르의 책을 쌓아두고 읽는다.

나는 책을 반드시 구입하여 보는데, 가끔 인연 있는 출판사에서 증정본으로 보내주기도 한다. 얼마 전엔 《나의 반려동물도 나처럼 행복할까》라는 책을 받아보면서 생각이 좀 골똘해졌다. 그 책에는 개나 고양이의 특별한 능력과 사람과의 교감에 대한 이야기가 많이 소개되어 있었다. 불교에는 명상을 통해 인간과 동물의 전생과 내생을 볼 수 있는 능력을 가진 수행자의 윤회 이야기가 풍부하게 전해진다.

그중 인도 대승 불교 사상가로서 《아비달마 구사론》을 쓴 바수반두(Vasubandhu, 世親, 316~396년경)와 관련된 이야기가 있다. 바수반두는 매일 사원의 지붕에 올라가 아비달마구사론을 염송했고, 그때마다 비둘기 한 마리가 암송을 들었다. 이 암송의 영향인지 비둘기는 죽어서 사람으로 태어났다. 비둘기가 어떻게 되었는지 궁금했던 바수반두는 삼매에 들어 살펴보고는 그 비둘기가 이웃마을 어느 집에 태어났음을 알았다. 그는 그 집을 찾아가서 확인해보았고, 몇 년 후 아이는 로덴이라는 법명을 받고 바수반두의 제자가 되었다. 훗날 로덴은 아비달마구사론에 통달했다.

연구에 의하면 개는 1만5천 년 전, 고양이는 1만 년 전부터 인간사회에 편입되었다고 한다. 기원전 5세기 그리스 역사가 헤로도토스의 기록에 의하면, 이집트인들의 고양이 사랑이 각별해서 고양이가 죽으면 온 가족이 눈썹을 밀어 애도를 표했다. 그렇다면 인간은 어떤 이유로 개나 고양이에 열광하는 것일까. 간단히 생각하면 인간 대 인간으로서 대신하거나 충족되지 못하는 부분, 나아가 인간이 결코 메워줄 수 없는 틈을 이 동물들이 채워주는 것에 매료되는지도 모른다.

유년의 나의 시골에서는 고양이를 키우지 못하는 집도 있었다. 그런 집들은 집 안에 쥐가 들끓으면 며칠씩 고양이를 빌려가기도 했다. 지금 생각해보니 며칠 만에 돌려받은 고양이를 품에 안으며 대견스러워하던 어른들의 모습이 동화처럼 떠오르기도 한다.

우리는 어떤 대상이 사랑스러워지면 수다스러워진다. 인간의 언어가 진화한 것은 소문을 이야기하고 수다를 떨기 위해

서라고 한다. 인간이 사회적 동물이 될 수 있었던 근간엔 언어 문자가 있다. 유발 하라리는 이것을 '허구를 말할 수 있는 능력'이라고 했다. 오늘, 지금 이 순간을 넘어선 모든 얘기는 엄격하게 말하면 실현 여부가 불투명한 허구라고 할 수 있다. 개인의 미래에 대한 계획이나 정치적인 주장도 이런 범주에 드는 것이지만, 우린 기꺼이 집단의 상상에 동조하며 허구를 실물화하기 위해 매진한다.

그래서 이야기는 중요하다. 낮은 침묵을 부르고 밤은 말을 부른다고 한다. 고대의 인간은 빛이 있으면 활자를 읽고 빛이 없는 밤에는 이야기를 했다. 이야기는 인간사회의 토대이며 기둥이다. 인간은 사실과 숫자, 방정식보다는 이야기 안에서 생각하고 성장한다. 몸만 크는 게 아니라 마음도 자란다. 그래서 모든 사람, 집단, 민족은 자기 나름의 이야기와 신화를 가지고 있다. 인류 역사에서 지금처럼 잘 정돈된 사회는 없었다. 굳이 인본주의까지 들어가지 않더라도 우리는 인간으로써 인간에 합당한 길을 개척하고 발전시켜 나가야 한다. 그 핵심은 지식의 연마와 축적, 그리고 후대로의 전달이다. 그래서 교육은 인간사회가 존재하는 한에서는 가장 지고지순한 영역으로 남는다.

자신의 목소리에 귀를 기울이라, 자신에게 충실하라, 자신을 믿으라, 마음이 가는대로 행동하라, 자신이 좋다고 느끼는 것을 하라. 이것이 우주가 인간을 중심으로 돌아가고 모든 의미와 권위가 인간에게서 나온다는 인본주의의 신조다. 따라서 행복해지는 것은 힘든 일이지만, 행복이 최고의 선이라는 가치를 신봉하며 살아가는 현세의 우리들은 아름다운 이야기를 많이 듣고 많이 남겨야 한다.

파브르곤충기 정도는 아니지만 냥이는 나에겐 관찰 대상이다. 꼭 글을 쓰기 위한 것이 아니라 이 동물에 대해 알고 싶은 호기심이 줄지 않기 때문이다. 고양이의 몸놀림은 비눗방울 같은 투명한 느낌을 준다. 가볍고 경쾌해서 창틀에 오르거나 건물 난간, 담장 위를 걸을 때도 중심을 잃지 않는다. 그리고 방에 들어와 몇 바퀴씩 돌고 나가면서도 볼펜 한 자루, 책장 한 페이지, 찻잔 하나도 건드리지 않는다. 단적으로 말해 냥이는 뭐가 됐건 실수가 없다. 처음 이곳에 왔을 때 쥐를 잡아오는 것을 보고, 너 절에 살려면 살생하면 안 된다, 했더니 거짓말처럼 몇 해가 지나도록 쥐를 잡지 않는다. 그뿐인가 통조림을 줘도 전혀 먹지 않고 그저 사료와 물, 헤어볼을 용이하게 하기 위해 가끔 풀을 먹는 정도다.

최근 나는 두 칸짜리 방으로 거처를 옮기면서 단열과 방음을 동시에 해결할 샷시문을 달았다. 덕분에 소리로 인한 민폐를 끼칠 걱정이 사라졌다. 비로소 모짜르트를 들으며 아침을 시작할 수 있고, 때늦게 말로만 듣던 인물들의 연주나 공연 실

황도 골라 듣는 중이다. 나는 음악의 가치는 변주에 있다고 본다. 어떤 곡, 어떤 노래일지라도 사람과 시대를 달리하여 누구나 자신의 테크닉과 감정을 실어 표현해볼 수 있다. 바로 음악의 힘이다.

흥미로운 것은 원작자의 노래를 다른 가수나 연주자의 버전으로 듣는 경우인데, 곡을 해석하는 차이가 드러나서 여러 각도로 감상할 수 있다. 최근엔 우연찮게 영국 가수 에드 시런의 〈Perfect(완벽함)〉를 좋아하게 되었다. 특히 노래 마지막 부분 'you look perfect tonight(당신은 오늘 밤 완벽해 보여)'이 엣지가 있어서 귀에 착 감긴다. 그래서 노래를 듣는 중에 냥이가 곁으로 오면 콧등을 톡톡 치며 "우리 냥이도 퍼펙트 하다구" 하면서 예뻐라 한다.

완벽함은 넘치지 않음, 혹은 부족함이 없는 심리에서 이해할 수 있다. 사람이나 사물이 어떻게 완벽함을 주겠는가. 그 외물의 온전함은 밖으로부터 전이되는 것이 아니라 감각의 주체인 내가 느끼는 것이다. 부족함을 느끼지 않는 충만한 행복이 외물을 아름답고 완벽하게 보이게 한다. 냥이의 완벽함은 냥이가 구족하고 있다기보다 냥이를 사랑스럽게 보는 내 마음에 부족함이 없다는 의미다. 콩깍지가 씌었지!

벌써부터 그리워지는 소리

"휴스턴, 독수리 착륙!"

아폴로 11호가 달 표면에 안착하자마자 휴스턴의
NASA 본부에 보낸 무선의 일성은 그렇게 울렸다. 달 착륙선
이글호에서 암스트롱이 지구에 보낸 첫 음성이었다. 소리의 역
할은 의외로 많지만, 소리가 있기에 우리의 삶은 풍성하고 희
망적이다. 엄마 뱃속의 태아를 깨우는 최초의 감각은 청각이라
고 한다. 그래서 우리는 일생 동안 소리를 갈구하며 살아가는
지도 모른다. 소리의 종류를 생각해보니 의외로 명쾌하게 구
분이 되었다.

　　첫째, 꼭 한 번은 듣고 싶은 소리
　　둘째, 들어도 그만, 안 들어도 그만인 소리
　　셋째, 듣고 싶지 않은 소리

첫 번째 듣고 싶은 소리는 곧 우리의 염원으로 흐른다. '독수리
착륙!' 전 인류가 고대하는 우주선의 달 착륙 소식 같은 거대
한 소리가 있는가 하면, 이 세상에 없는 사람을 떠오르게 하는
그리운 소리가 있다. 세상의 달콤하고 솔깃한 소리, 합격이나
일의 종결을 알리는 소리는 가벼운 축에 든다. 당신을 사랑합
니다, 존경합니다 혹은 고마웠어요, 미안했어요 등 지난 세월
의 회한을 마무리하는 용기가 필요한 소리도 있다.

두 번째, 들어도 그만 안 들어도 그만인 소리는 상대에 대한 내 마음이 없거나, 나에 대한 상대의 마음이 성글면 느껴지는 소리이다.

세 번째, 듣고 싶지 않은 소리는 내 마음에 내키지 않은 소리니까 원인은 나에게 있을 수도 남에게 있을 수도 있다. 그 내용은 차치하더라도 유쾌하지 않다는 것은 분명하다.

최근 읽은 책에서 '논에 물 들어가는 소리와 아기 목구멍에 젖 넘어가는 소리가 세상에서 제일 좋다'는 구절을 읽다가, 책을 덮고 턱을 괴고는 창밖의 삼나무 숲을 망연히 바라보며 소리에 대한 상념에 한없이 빠져들었다. 가뭄이나 여타의 사정으로 논에 물이 들어가야 할 타이밍에 물을 못 대면 땅만 타는 것이 아니라 농부의 속도 똑같이 타들어간다. 시골에서 자란 나는 그 기쁨을 안다. 아기 목구멍에 젖 넘어가는 소리는 엄마가 가장 잘 알 것이다. 농번기에 논둑이나 밭 가장자리에서 젖을 먹이는 엄마에게 그 소리는 어떻게 들릴까. 나는 군말없이 동의하겠다!

이런저런 생각을 하다 보니 과연 나에게 가장 아름다운 소리는 뭘까 하는 데까지 떠밀려갔다. 먼저 떠오른 것은 출가하여 행자 시절에 들었던 '삼경의 종소리(밤 9시, 절집의 취침을 알리는 세 번의 종소리)' 그리고 군대에서의 취침 나팔 소리이다. 경직된 공동생활에서 벗어나는 길은 잠 밖에 없었을 때니까. 나는 금관악기, 특히 나팔 소리를 좋아한다. 클래식 음악 중엔 말러가 좋다. 난해하다고들 하는데, 말러의 교향곡을 들으면 우주 공간에 떠 있는 듯한 풍경이 그려진다. 들리니까 보인다고나 할까.

지금 나에게 가장 아름다운 소리는 당연히 냥이의 소리다. 특히 내가 일에 몰두하고 있을 때나 밤 깊은 시간, 냥이가 내 방으로 이어지는 통로에 들어서면서부터 내는 소리이다. '야옹' 같은 분명한 소리가 아닌 그냥 '아앙' 하는 정도의 엷은 웅얼거림이다. '어디 있냐'고, '나 지금 가는데…'로 들리는 맑고 투명한 소리. 한없이 투명한 블루의 울림이다. 그 소리가 들리면 나는 하던 일을 멈추고 냥이가 오는 쪽을 바라본다.

냥이가 없는 먼 훗날, 가장 그립고 생각나는 것이 있다면 나를 찾는 냥이의 소리가 아닐지. 벌써부터 그리워진다.

고양이가 울지 않은 날

우리는 의식의 실체를 모르기도 하지만 어떤 원리로 작용하는지 알지 못한다. 일생을 펼쳐놓고 따져 봐도 우리의 의식은 극히 제한적인 것만 반복하며 살았던 것을 알 수 있다. 배고프면 먹고, 졸리면 자고, 심심하면 밖에 나가고, 어디에 구경거리가 생겼다 하면 피곤을 무릅쓰고 가보고야 만다. 그러고는 더 짜릿하고 더 자극적인 것이 없나 하고 두리번거린다. 생각이 몸을 이끄는 게 아니라 몸이 원하는 대로 생각이 따라다닌 것은 아니었는지, 의심해본다.

독서를 하다 보면 이 세상이 얼마나 광활하며 사람마다 의식의 체험이 어떻게 다른지도 알게 된다. 다양한 문화권, 그리고 과거로부터 현재에 이르기까지 의식의 깊은 세계를 깨달은 분들의 이야기도 얼마든지 얻어들을 수 있다. 예를 들면, 티베트의 달라이 라마 존자는 태어난 순간을 기억한다. 보통의 사람은 태어나면 모든 감각도 그렇지만 시신경의 경우도 안착하기까지 수개월 동안 사물이 흐릿하게 보인다고 한다. 그런데 달라이 라마 존자는 미국에서 열린 과학자들과의 대담 자리에서 자신의 경험을 밝혀 사람들을 놀라게 한 적이 있다. 존자는 엄마 뱃속에서 막 태어났을 때 왼쪽 눈은 감고 오른쪽 눈은 반쯤 뜬 상태였는데 누나가 막 태어난 자신을 내려다보고 있던 순간을 기억한다고 했다. 전생의 기억도 가지고 있었음은 물론이다. 티베트의 가르침으로는, 아이들은 절대 신체적인 충격을 받지 않아야 한다. 크건 작건 충격을 받으면 뇌의 능력이 손상을 입는다는 것이다. 특히 머리 부분은 더 조심해야 한다. 우리는 마음을 고요히 하기 위해 명상이나 참선을 한다. 이유는 의식의 깊은 곳으로 들어가기 위해서는 삼매라고 하는 고난도의 마음의 집중과 평정의 터널을 지나야 하기 때문이다.

카를로스 카스테네타는 페루 태생의 미국인 인류학 박사이다. UCLA의 인류학 대학원생이었던 1960년, 그는 북중미 원주민들이 샤머니즘 의식에 사용하는 약초(환각물질)에 의한 초월적 의식체험을 조사하기 위해 '돈 후앙 마투스'라는 멕시코 야키족 샤먼을 만났다. 그는 돈 후앙의 가르침에 따라 직접 제조한 약초를 흡입하는 실험을 하면서 체험한 바를 기록했다. 약초를 통해 만나는 초월적인 세계, 특히 정령들의 세계에서 벌어지는 선과 악의 주도권에 대한 이야기와 극소수의 마스터들이 동물이나 새로 변신하는 이야기들은 놀랍도록 신비롭다. 체험은 철저하게 돈 후앙의 지도하에 이뤄졌다. 잘못하면 정령의 세계에서 돌아오지 못하기 때문이다. 카스테네타는 새가 되는 경험을 하는데, 은빛 새 한 무리가 날아오더니 자신들은 북쪽에서 남쪽으로 날아가는 중이고, 다시 이 길을 따라 올라갈 거라고 하는 말을 들었다. 그는 간신히 깨어나자마자 그 사실을 돈 후앙에게 말했다. 돈 후앙이 말하기를, 그것은 까마귀인데 인간의 눈에는 까맣게 보이지만 원래는 은빛이며, 자신도 변신할 때는 까마귀로 변한다고 했다. 왜냐하면 독수리 같은 큰 새로 변했다가는 사냥꾼에게 잡히기 쉽고, 작은 새는 잡아먹히기 쉽다는 것. 그러나 까마귀는 성질이 강하고 빨라서 안전하게 다시 사람으로 돌아올 수 있다고 알려줬다.

특히 무거운 돌을 쉽게 들거나 축지법처럼 빨리 달리는 것에 대한 돈 후앙의 가르침은 내 공부에 큰 해답을 주었다. 여기 큰 돌이 있다고 하자. 제일 먼저 드는 생각은 무엇인가? 무겁다는 생각이 우선 든다. 그리고 들기 어렵다는 판단을 또 한다. 그렇다면 돌을 드는 것이 불가능할까. 돈 후앙은 간단한 이치를 제시한다. 그는 인간 사고의 틀에 박힌 '하기'를 바꾸면 된다고 했다. 즉 돌을 보고 '무겁다'고 생각하기 때문에 돌이 무겁다는 것이다. 그런데 무겁다는 생각을 하지 않으면 무게가 사라지기 때문에 쉽게 들 수 있다. 다시 말해 '이것은 이렇다' 거나, '이것은 이런 것이다'하는 생각만 벗어나면 이 세계는 전혀 다른 세계가 펼쳐진다는 것이다. 이것은 일을 마주한 순간의 집중력이고 두려움 없는 마음이다. 스포츠처럼 짧은 순간에 초감각의 집중력을 발휘해야 하는 운동선수나 예술가들은 이 말을 이해할 수 있으리라. 골프선수 박인비가 올림픽 결승에서 신들린 퍼트 감각을 발휘하여 금메달을 딴 뒤 어느 인터뷰에서 했던 말이 인상 깊었다.

"내가 퍼트고 퍼트가 나였어요."

바로 이 감각이다. 타자는 투수가 던진 공의 구질이 한 눈에 보여야 공을 받아칠 수 있다. 일의 두려움을 극복해야 용기가 생긴다. '납인향화(蠟人向火)'라는 말이 있다. 밀랍으로 만든 사람이 불을 향해 간다는 뜻이다. 밀랍은 불 자체다. 심지를 박지 않으면 밀랍은 의미가 없다. 밀랍에게 불은 본능이어서 불을 보면 뛰어들지 않을 수 없다. 일의 집중, '하기'에서 주저하지 말고 당장의 즉념(卽念)에 몰입하는 힘을 기르는 일이 중요하다. 나는 이 부분에서 불교 '유식 사상'의 핵심을 쉽게 이해하게 되었다.

자, 어떤 사람이 밤중에 길을 가다 뱀을 밟았다. 깜짝 놀라서 발을 떼고는 하마터면 죽을 뻔했다고 안도의 한숨을 내쉬었다. 잠시 숨을 돌리고 나니 그 뱀이 어떻게 되었는지 궁금한 생각이 들었다. 그래서 불을 비춰 보니 그것은 뱀이 아니라 새끼줄이었다. 그는 자신의 오판임을 깨달았다. 그리고 그 후로는 밤중에 뭘 밟아도 그다지 놀라지 않았다. 밟힌 것이 꼭 뱀이 아니라는 것을 알기 때문이다. 정리하면 이렇다. 뱀을 밟았고, 뱀이 아님을 알았고, 경험을 해봤기에 쉽게 놀라지 않게 되는 세 단계로 나눌 수 있다. 불교 유식학에서는 이것을 마음의 3단계, 즉 3성(三性)이라 하여 변계소집성(遍計所執性 : 상상되어진 것)·의타기성(依他起性 : 다른 것에 의지하여 일어나는 마음)·원성실성(圓成實性 : 완성되어진 것)으로 분류하여 설한다.

상상은 사유분별에 의해 만들어진 가설적 존재다. 즉 어떤 느낌이나 상황을 만나면 즉시 '이것은 ~이다'라고 단정적으로 구분하여 결론 지어버리는 속성이다. 의존한다는 것은 인연으로 일어난다는 뜻으로 새끼줄을 밟았으니 뱀으로 생각할 근거가 만들어진 것과 같다. 어디에도 뱀이 없는데 뱀이라는 생각이 등장하여 진짜 뱀처럼 놀라게 만든 이치다. 원성실성은 뱀의 실체가 없음이 확연히 드러나 오판할 이유가 사라진 궁극의 단계다.

극단적으로 말하면 중생은 변계소집성의 세계에 산다고 한다. 신체 감각이 부딪치는 대로 수집하는 성질이다. 실상을 알면 다툴 일이 없는데도 다툰다. 논쟁이 왜 일어나는가. 논쟁은 옳고 그름의 갈등이 아니라, 옳다고 생각하는 A와 옳다고 생각하는 B의 다툼이다. 우리가 일상에서 겪는 수많은 갈등과 시비의 대다수는 사실에 부합하지 않는 오판을 두고 일어난다는 사실을 잊지 말아야 한다. 일본 유식종 사찰인 흥복사에는 이런 말이 전해진다.

'손뼉을 치면 물고기는 먹이를 주는 것으로 듣고, 새는 놀라서 도망치고, 여관에서 시중드는 아이는 손님이 차를 재촉하는 소리로 듣는다.'

박수 소리는 하나인데 각자 다른 뜻으로 인식하고 판단을 내리고 행동으로 옮긴다. 학문적인 이야기라서 난해할 수 있지만, 사람이 얼마나 자기 주관적으로 인식하고 판단하는지, 그리고 얼마나 그 습성에 의존하고 있는지 알 수 있다. 우리는 사람이건 동물이건, 심지어 자연만물까지도 이해하고 더불어 조화롭게 살아갈 수 있는 지혜의 힘을 길러야 한다. 모든 것은 마음이 생각하는 대로 변형되어 보인다. 인간의 정신을 해치는 으뜸은 사랑으로 인한 증오다. 사랑이 깊어지면 증오도 깊어진다. 그래서 사랑의 끝은 항상 아프다. 그렇다 해도 세상을 초월하려면 사랑의 힘을 타고 넘어야 한다. 남의 아픔을 외면하지 못하는 연민의 마음이 보살의 마음이다. 마음의 크기와 깨달음의 크기는 비례한다. 사랑의 힘은 그런 거다.

사랑의 눈으로 볼 수 있는 자세가 되면 세상이 얼마나 달라 보이는지 모른다. 세상은 단순한 세계가 아니다. 개나 고양이를 키우는 마음도 다르지 않다. 내가 먼저 뭔가를 해주려고 안달하지 말고 그들의 눈을 보고 그들의 소리에 귀 기울여 보라. 그들은 많은 말을 하고 싶어 하며 우리가 알아줄 것이라고 믿는다. 동물을 사랑하는 당신은 이미 사랑과 교감의 놀라운 능력을 보여주고 있다는 자긍심을 가져도 좋다.

오늘처럼 냥이가 우는 소리 내는 것을 한 번도 듣지 못한 날에는 이렇게 생각한다.

'오늘은 문제 없는 하루를 보냈군.'

우리 마음속에
사랑이 있어서
사랑이 나타나는 것이 아니라
사랑이 실천됨으로써
마음의 사랑이
빛을 발하는 게 아닐까.

시간이 데려가지 않는 것이 뭐가 있겠니

이쁜이!

　이것은 너에게 붙여준 이름이야. 우리 탑전 냥이는 이름도 없이 그냥 냥이라고 부르지만 너에겐 그렇게 붙였어. 냥이가 탑전에 오고, 그 다음해 가을에 너희들이 왔지. 남매로 보이는 너희 둘이 이곳으로 흘러들어 탑전 마루 밑에 자리를 잡고 살기 시작한 거지. 넌 모르겠지만 네 등의 무늬가 너무 예뻐서 그렇게 불렀어. 너희 남매는 새벽같이 사라져서는 늦은 오후 무렵에야 나타나 사료를 한 움큼씩 먹고 가곤 했어. 어디를 다니는지 알 수 없지만, 나와 냥이가 산책을 하거나 화단을 살펴보거나 할 때면 먼발치에서 우리를 유심히 지켜보더구나.

　너희는 하루가 다르게 자라기 시작했지. 이쁜이 네가 새끼를 가지려는 낌새를 보였고 얼마나 심하게 울고 다니던지 목소리가 쉴 정도였어. 너의 동생인지 오빠인지 모를 녀석은 덩치가 커지니까 서서히 탑전 냥이와 힘겨루기를 시작하는데, 여간 신경 쓰이는 게 아니었지. 그래서 스님들이 몇 번 나무랐더니 어디론가 사라지고 말았지. 그즈음 네 배가 불러오기 시작했어. 새끼를 낳으면 어떻게 해야 할지 걱정이 많았지.

　가을이 깊어가는 어느 날, 이쁜이 너는 보일러실에 네 마리 새끼를 낳았더라고. 그러고는 어떻게 알았는지 보일러실 천장의 배관 파이프 틈으로 새끼들을 옮겨놓고 몰래 키우기 시작하더구나. 새끼들이 어느 정도 자라자 이번엔 탑전 주위 바위 틈, 그러니까 사람들 손을 타지 않는 곳으로 이사를 했어. 모두 네 마리, 아기고양이들이 바위 여기저기 뛰어노는 모습이 얼마나 귀엽고 예쁘던지, 난 웃느라 입이 다물어지지 않았지.

몇 달이 지나 겨울로 접어들자 새끼들은 저희들끼리 다니기 시작했고 이쁜이 너는 어느 순간부터 보이지 않았어. 나는 새끼들을 독립시키려고 어미가 떠난 것으로 이해했지. 생각해보면 그때가 탑전의 식구가 가장 불어난 시기였어. 이쁜이 너의 가족 다섯, 아래 바위틈 눈 아픈 고양이 가족 넷, 그리고 탑전 냥이까지. 저녁이 되면 나는 사료를 세 군데에 놓아두었어. 이쁜이 네가 사라진 뒤 참 많이 보고 싶었어. 나는 네가 오는 소리를 알아. 밥을 먹으러 올 때면 꼭 울음소리를 냈기 때문이지. 그러면 잠결에도 일어나 손전등을 들고 조심스레 나가보았고, 넌 어느새 배를 채우고는 건물 모퉁이로 사라지고 말더군. 그렇게 급하게 도망가지 않아도 될 텐데 너는 매번 그랬어.

겨울이 지나고 사찰에 이런저런 공사가 시작되면서 사람들이 들락거리자 그 많던 고양이들은 하나둘 보이지 않더니 나중에는 한 마리도 남지 않고 사라져버렸어. 그래도 모두 잠든 깊은 밤이면 누군가 그릇에 담긴 사료를 먹고 갔어. 나는 누구라도 배고프면 와서 먹으라고 늘 그릇에 사료를 수북이 부어두었어. 한번은 한밤중에 소란스런 소리가 들려 급히 나가보니 송아지만 한 개 한 마리가 담을 넘어 들어와 서성거리고 있었어. 큰 절 채소밭을 멧돼지로부터 지키려고 묶어놓은 사냥개의 고삐가 풀렸던 거지. 돌멩이를 던지려는 시늉을 하며 저리 가라고 야단치며 다가갔더니 고양이 한 마리가 사냥개에게 물려 숨을 헐떡이고 있었어. 얼마나 심하게 물렸는지 몸을 뒤적거려 살펴보려는 순간에 숨이 멈추고 말았지. 난 창고에서 삽을 꺼내 죽은 녀석을 큰 나무 아래 묻어주었어.

이쁜이 네가 다시 보이기 시작한 것은 봄이 오고 꽃이 피기 시작하는 시절이었지. 너는 또 보일러실에 새끼를 낳았어. 이번엔 달랑 한 마리였어. 난 짐짓 모른 체하면서 매일 통조림을 주며 너와 새끼가 건강하기를 바랐지. 그렇게 한 달이 지났을까, 넌 새끼를 탑전에 떨구고는 모습을 감춰버렸지. 나는 할 수 없이 네가 두고 간 새끼를 돌보았고, 녀석은 탑전에 자리를 잡고 살게 되었어. 어느 날인가 너는 갑자기 나타나서는 급하게 사료를 먹었어. 너의 새끼가 높은 곳에서 너를 내려다보았지만 너희 모녀는 서로를 알아보지 못하더구나. 네 새끼 이름은 그냥 '이쁜이2'로 했어.

다시 가을이 되자, 이쁜이 네가 탑전 입구 바위틈에 새끼를 세 마리 낳았다는 것을 알았어. 난 기쁜 마음으로 먹이를 챙겨주면서 새끼들을 돌봤어. 사실 무엇보다 멀리서나마 너를 자주 볼 수 있다는 사실이 더 좋았어. 그러다 돌덩이를 나르는 공사가 시작되었고, 예감한 대로 너희들은 또 어느 날 갑자기 사라지고 말았어.

다시 가을이 가고 겨울이 시작되었어. 그런데 이쁜이2가 점점 배가 불러오더니, 네가 새끼들을 낳았던 보일러실에서 새 끼를 낳은 거야. 사람 사이의 말로 '애가 애를 낳았네' 하는데 꼭 그대로야. 세 마리였어. 이 추운 겨울에 새끼들이 버틸 수 있을지 걱정이 되었지만 보일러실의 적당한 온도에 헌옷가지를 두툼히 넣은 박스에서 사는 것은 무리 없어 보였어. 그런데 어느 바람 세찬 밤에 고양이 우는 소리가 들려서 이상하다 싶었는데 이쁜이2가 바위틈으로 새끼들을 옮겼더군. 하지만 며칠 뒤 보일러실에서 죽어 있는 새끼 한 마리를 발견했지. 죽어버린 새끼 때문에 그 자리가 싫어졌을 수도 있겠다는 생각이 들었어. 나는 양지바른 곳에 새끼를 묻어주었지.

날은 더 추워지는데, 도대체 이쁜이2는 새끼들을 어쩌려고 저러나 싶었지. 그렇게 며칠이 지나 위채 다른 보일러실로 드나드는 걸 보고 가만히 가보니 한 마리뿐이었어. 분명히 어디선가 새끼 한 마리가 또 죽고 말았을 거야. 마지막 남은 녀석은 제법 털도 자랐고 아장아장 걷기도 하기에 조금 마음이 놓였어. 그런데 이쁜이2가 위채 보일러실에 가지 않고 탑전 냥이 곁에 지내는 시간이 많아져서 뭔가 불길한 예감이 들더군. 역시나 보일러실에 가보니 마지막 한 마리도 싸늘하게 혼자 죽어 있었어. 나는 삽을 꺼내 앞서 묻어준 녀석이 있던 자리 옆에 구덩이를 파고 묻어주었지.

 그러니까 이쁜이 네가 이 산중에서 1년 반 사이에 세 번의 새끼를 낳았고, 너의 새끼인 이쁜이2가 다시 새끼를 낳았지. 그리고 나는 너의 핏줄 세 마리를 묻어주었고 말이야. 이쁜이2가 불과 한 달 사이에 새끼 세 마리를 모두 잃고서 보일러실과 바위 근처에 서성이며 울음을 그치지 않던 그 며칠은 나도 어찌나 심란하던지. 시간이 데려가지 않는 것이 뭐 있겠어. 이제 이쁜이2도 아픔을 딛고 탑전 냥이와 발랄하게 잘 지내고 있어. 그런데 생각해보면 널 못 본 지도 석 달? 넉 달? 되어가나 싶어. 이렇게 긴 시간이 지나도록 나타나지 않은 걸로 봐서 혹 무슨 일이 생기지는 않았는지, 네가 다니던 숲길을 볼 때마다 걱정이 돼. 이렇게 오래도록 오지 않는다는 게 많이 이상하잖아. 그래서 다시 물어보는 거야.

 살아는 있는 거니?

닫는 글

《어느 날 고양이가 내게로 왔다》 2탄 안 나오는지 간혹 묻는
이들이 있었다. 나는 생경스럽다는 듯이 놀라는 표정을 하면서
도 내심 준비하는 바가 있어서 웃고 지나쳤다. 냥이가 와서 지
내게 된 것이 재미있어서 겨울 동안의 이야기를 썼다면, 더위에
더위, 비에 비 하는 식으로 별 변화가 없는 여름의 이야기를 써
보고 싶었다.

고양이의 1년은 사람의 7년과 같다고 한다. 탑전 냥이
의 이력을 되짚어보면 대략 나와 말을 터놓고 살 만한 터울이
라 해도 크게 어긋나지 않는다. 그런데 이번 겨울을 나면서 잠
이 부쩍 길고 많아진 것을 보면서 저 잠이 더 깊고 고요한 잠으
로 이어지는 것은 아닌지…, 한 나절이 넘도록 보이지 않아 찾
아보면 보일러실에서 혼자 깊은 잠에 빠져있는 것을 볼 때면
왠지 가슴이 아려왔다. 스티브 잡스는 스위치의 ON/OFF처럼
극단적으로 전환되는 죽음이 싫어서 이불을 덮듯이 스르르 화
면의 불빛이 사그라드는 아날로그의 개념을 최첨단 기계에 심
었다. 삶의 아쉬움은 그런 것이다.

가시에 가장 가까이 피어나는 장미!

가시와 꽃은 어울리지 않는 조합이지만 장미는 가시를 자신의
몸에 붙여서 아름다움을 지킨다. 고개까지 바짝 가시를 달았

258

259

어도 우리는 장미를 숭배하고 찬미한다. 가시와 상관없이 장미는 장미로써 여전히 아름답기 때문이다. 중세 유럽에서는 장미의 문양을 침묵에 대한 은유로 애용했다. 서찰을 밀랍으로 봉인하고는 장미 문양의 도장을 찍으면 '이것은 우리 둘만의 비밀입니다' 하는 뜻이었고, 테이블에 장미가 놓여 있으면 '오늘 이야기는 밖으로 나가지 않아야 합니다' 하는 메시지였다. 장미가 가시를 몸에 둘러서 자신을 지킨다는 것은 선종의 '편의를 얻으면 편의에 떨어진다[得便宜是落便宜]'는 말과 같은 의미로도 읽힌다.

　　인간은 형편이나 조건 따위가 편하고 좋으면 한없이 안주하려는 습성이 있다. 삶은 좋은 시절보다는 고난과 번민에 휩싸여 보내야 하는 시간이 절대적으로 많다. 이제 됐다는 마음에 스스로를 방기하려 들었다가는 어느 틈에 기회는 사라져 버리고 만다. 그래서 고대 그리스 신화에서 기회의 여신인 오카시오에게는 뒷머리가 없다. 어떻게 해야 할까. 기회를 놓치지 않기 위해서는 항상 맑은 정신으로 깨어 있듯이 살아가는 수밖에 없다. 사람은 복이 오면 영험해진다는 말이 있다. 반대로 복이 나가고 운의 나쁜 흐름에 빠질 때는 이상하게 정신부터 혼미해진다. 기회는 아차 싶으면 지나가고 뒤늦게 잡으려 하는데 뒷머리가 없으니 잡을 수가 없다. 편의를 얻어도 편의에 떨어지지 않는 사람, 화려한 장미 같은 인생일지라도 목까지 가시를 두를 수 있는 사람이라야 그나마 흘러가는 복이라도 오래 누릴 수 있다. 세속적으로는 자기 극복이요, 종교적으로는 자기 초월의 지혜다.

냥이와 첫 겨울을 나면서 냥이에게 배운 것은 '바라보기'와 '기다리기'였고, 그것은 시간을 살아야 하는 관점에서 많은 깨달음을 안겼다. 그러다 인연이 지속되어 네 번째의 사계절을 나게 되면서 다시 냥이를 통해 터득한 것은 자연과의 일체감이라는 보다 철학적인 주제로의 안착이었다. 냥이는 아침에 밖에 나오면 작은 코를 들썩이며 숲의 공기를 탐색하는 것으로 하루를 시작했다. 이 잠깐의 시간으로도 하루를 어떻게 보낼 것인지 요량이 되는 듯했다. 그래서 나도 어느덧 냥이를 따라 새벽에 밖에 나오면 공기를 깊이 들이마시며 하늘을 올려다보고, 바람을 살피면서 그날의 날씨를 짐작해보는 것이다. 그러다 문득 느껴지는 바가 있었다. 냥이가 나에게 가르쳐준 것이랄까. 그것은 '나는 기쁘게 오늘 하루를 살 것이다'라는 생의 열락이었다. 행복한 사람은 이렇듯 아침에 일어나 창문을 열고 날씨와 바람을 살피는 것부터 시작한다. 그리고 새와 나비와 강아지들이, 나아가 나무와 풀과 계절따라 피고지는 꽃들이 무슨 말을 하려고 하는지 귀 기울여보면 놀랍게도 많은 소리가 들리는 것을 깨달을 수 있을 것이다.

삶은 우리를 붙들기도 하고 놓기도 한다. 물은 낮은 곳으로 흐르고 모든 약은 치유가 필요한 고통을 찾는다. 지혜의 샘물이 사랑을 타고 흐르게 하면 그 물줄기는 강물이 되어 집 앞을 흘러가지 않겠는가. 시간이 많이 흘러 어느 훗날, 냥이는 나에게 어떻게 기억될까. 끈으로 묶여 있거나 하는 것도 아니고 무슨 언약이 있는 것도 아닌, 말 그대로 밖에 나갔다 돌아오지 않으면 영영 이별인 이 털북숭이 녀석과의 인연. 냥이가 보이지 않으면 걱정스러워 '성가시다 성가셔!' 하면서 냥이가 돌아오기를 기다리던 때의 더디게 흐르던 시간들. 반대로 내가 보이지 않으면 냥이도 나를 찾아나서니까 알뜰살뜰한 마음이 언제나 서로를 향해 있다.

어떻게 떨어지느냐의 문제보다는 있을 때 잘하자는 마음, 잘 탄 나무가 재도 적게 남기듯이 나와 냥이, 우린 시간의 강을 따라 유감없이 흘러가려고 한다.

냥이, 나에게 와줘서 많이 많이 고마웠어!

고양이를 읽는 시간
ⓒ 보경, 2020

2020년 5월 28일 초판 1쇄 발행
2022년 6월 29일 초판 2쇄 발행

지은이 보경
발행인 박상근(至弘) • 편집인 류지호 • 상무이사 김상기 • 편집이사 양동민
편집 이상근, 김재호, 양민호, 김소영, 권순범 • 그림 권윤주
디자인 쿠담디자인 • 제작 김명환 • 마케팅 김대현, 정승채, 이선호 • 관리 윤정안
펴낸 곳 불광출판사 (03150) 서울시 종로구 우정국로 45-13, 3층
         대표전화 02) 420-3200 편집부 02) 420-3300 팩시밀리 02) 420-3400
         출판등록 제300-2009-130호(1979. 10. 10.)

ISBN 978-89-7479-817-8 (03810)

값 16,000원

잘못된 책은 구입하신 서점에서 바꾸어 드립니다.
독자의 의견을 기다립니다. www.bulkwang.co.kr
불광출판사는 (주)불광미디어의 단행본 브랜드입니다.